書下ろし

読売屋お吉 甘味とぉんと帖

五十嵐佳子

祥伝社文庫

目次

―とぉんとくる―

心の中に恋心が音をたてて
落ちてくる様子を表わす
江戸言葉。

その一　百菓百味《ひやつかひやくみ》

イ草《ぐさ》の紐《ひも》をほどき、笹《ささ》をむくと、白く艶《つや》やかな外郎《ういろう》がつるりと姿を現わした。大きなしずくのような形をしている。

吉《きち》は、皿に戻した外郎を、黒文字《くろもじ》で切り分け、口に運んだ。

もちっとした食感。上品な砂糖の甘味が舌《した》の上にふわりと広がる。

笹の葉の爽《さわ》やかな香りが外郎の中にまで移っていて、鼻をそっとくすぐる。

するりと滑《すべ》っていく喉越《のど》しの良さを、吉は目を閉じて味わった。

また、口に含む。普通の外郎より少し甘めで、やや柔《やわ》らかめだ。

この口当たりはきっと、子どもやお年寄りに喜ばれるだろう。

最後のひとかけを食べ終えると、お腹《なか》が落ち着き、満足感が広がった。

「お吉。聞いているのかい」

目を開くと、真向かいに座っていた松　緑苑《しようりよくえん》のおかみの民《たみ》が、むっとした顔をして、吉をにらんでいた。

吉ははっと我《われ》に返った。

この朝、おかみの民が吉を呼び、また縁談《えんだん》の話をはじめた。

けれど、吉はお茶うけに出された粽《ちまき》にすっかり気を取られて、話のあらかたを聞いていなかった。粽は、今日から松緑苑の店頭で販売する新作である。

民はふっとため息をつき、吉の目をのぞきこむように見た。

「悪くない話だと思うけど……」

「申し訳ありません」

吉は畳《たたみ》に額《ひたい》がつきそうなほど深く頭を下げた。甘いものに目がないのに、ほっそりしていて、手足も首もひょろ長い。女としては背も高く、千代紙の姉様人形のようだとからかわれることもある。

「これも断るっていうのかい。会ってみる気もないっていうのかい」

「……へぇ」

縁側から、ふわりと風が入ってくる。小さな池の傍《かたわ》らに植えられた松の緑《みどり》に初夏の日差しが降《ふ》り注いでいた。

民は眉《まゆ》をひそめ、ため息をついた。民は主《あるじ》の松五郎《まつごろう》より三つ下で五十七歳になった。このごろだいぶ太ってきて、しもぶくれの顎《あご》の下にも肉がみっちりとつきはじめている。

「……あと五日で、菓子処《かしどころ》・松緑苑は店を閉じる。女中たちも、職人も、みんな次の働き口が見つかった。先のことが何も決まっていないのは、お吉、おまえだけなんだよ」

吉はきゅっと唇《くちびる》をかんだ。大好きなこの店がなくなるということが、胸に切々《せつせつ》とせまってくる。

吉の行く末を心配してくれる民の気持ちは心底《しんそこ》ありがたかった。けれど、店がなくなるからといって、吉は急いで嫁《よめ》いりを決めるという気持ちにはなれない。他の店に移ることも、考えられずにいる。

松緑苑は、腕《うで》のいい職人の松五郎と、その女房の民が一代で作り上げた菓子屋だった。

老舗《しにせ》の大店《おおだな》が軒《のき》を連《つら》ねる日本橋《にほんばし》通りを東に折れた、小松《こまつ》町にある。女性客でにぎわう小間物屋、評判の手拭《てぬぐ》い屋などが並ぶ式部小路《しきぶこうじ》のどん詰まりにある間口二間の店だ。

名物は、中のあんの一粒一粒が透《す》けて見えるほど薄く柔らかな皮で包まれ、口に含めば小豆《あずき》がほどけ、和三盆《わさんぼん》の上品な甘さが口いっぱいに広がる金《きん》つばだ。季節に先駆けて店に並べる旬の菓子も独創的だと、評判がいい。

主の松五郎から、店を閉じると告《つ》げられたのは、今年の正月明けだった。

座敷に職人と女中を集め、例年通りお神酒《みき》を一同で口にした後で、松竹梅を飾った床《とこ》の間を背に松五郎は深々と頭を下げた。

「みんなには申し訳ないが、おれも還暦《かんれき》となったので、五月の節句《せっく》を機に店を閉じることに決めた。これまでみなよく働き、店に尽《つ》くしてくれた。ひとりひとりの働きがあってこそ、この店を続けてこられた。心底、ありがてえと思っている。それなのに勝手をいうのを許してくれ。おめえたちの身の振り方についてはは、できることはすべてさせてもらうつもりでいる。ほんとにすまねぇ」

「旦那《だんな》さん、そんな……」

「おれぁ、旦那さんの味にほれこんで、一生、ついていくつもりだった……」

職人たちが口々にいっても、松五郎は手をつき、頭を下げるばかりだった。

「還暦といっても、腕も確かだし、足腰《あしこし》もぴんしゃんしている。ここまでにした店を閉じるなんて、道理が通らねぇ。もったいねぇ」

贔屓《ひいき》の客筋や近所の旦那衆から思いとどまるようにいわれても、松五郎は考えろす店はある。

もちろん、繁盛《はんじょう》しているように見えても、内情は火の車で、突然、看板を下ろす店だってある。内のことは外にはわからない。近隣には、夜逃げをした店だってある。

だが、松緑苑は手堅い商売をしてきた。贔屓を数多く抱《かか》えるようになり、人からもっと手広く商売をするよう勧《すす》められても、その日、この店で売り切るだけのものしか作らないというやり方を貫《つらぬ》いてきた。欲をかかずに、松緑苑の菓子だと自信をもって客に手渡せるものだけを丁寧に作って、松緑苑は町に根付いてきたのだ。

朋輩《ほうばい》は、松五郎と民には跡継《あとつ》ぎとなる実子がいないから、店を閉じるという決断をしたのだろうと、ため息をつきながらいった。

それはそうかもしれないが、閉店の五月の節句までのわずか五日間だけ販売する新作の粽を工夫するほど、松五郎の菓子作りへの意欲は衰《おとろ》えていない。

本心を言えば、今でも、この店がなくなることが、吉は信じられないでいた。

「おまえも二十五だよ。嫁入りはいやだという。働き場所も決めようとしないない尽くしで、どうするんだい」

「すみません」

「すみませんじゃないよ。あたしは気になって仕方がないんだ。留吉《とめきち》の忘れ形見《がたみ》だから……娘みたいなものだから」

眉をひそめた民の、こめかみの大きな黒子《ほくろ》がぴくりと動いた。

はじめて出会ったとき、この黒子ばかり見つめていたのを吉は思い出した。

あれは吉が物心ついたころだから、ふたつか三つだった。

吉の父親の留吉は、松緑苑で松五郎の右腕といってもいいほどの菓子職人で、正月には家族全員を引き連れ、挨拶《あいさつ》に松緑苑を訪ねていたのである。

松五郎と民に子どもはいなかったが、世話好きで、吉は松緑苑にくるのが楽しみでたまらなかった。

「もっと食べろ。なんぼでも食べていいぞ」

「ああ、そんなに急いで食べたら、喉に詰まらせちまう」

留吉と松五郎たちが酒をくみかわしている間に、民は子どもたちにとびきりおいしい菓子をおしげもなくふるまってくれた。

だが、十三年前の大火事で、留吉は女房の菊《きく》ともども命を失った。後に残されたのは、十二歳の吉を筆頭に、三歳下の妹・加代《かよ》と六歳下の弟・太吉《たきち》だった。

三人を引き取ろうと名乗りをあげてくれる親戚《しんせき》はなかった。祖父母はすでに他界していたし、母の菊に兄弟はなく、ただひとり青梅《おうめ》村に住んでいる留吉の兄とは音信不通だった。

昼夜なく、かあちゃん、とうちゃんといっては泣くふたりを抱きしめながら、吉は心細さに震《ふる》えた。自分も泣きたかったけれど、涙をこらえ耐えるしかなかった。

自分が働いて、ふたりを育てたいと思ったが、まだ十二歳では働く場所を探すことさえ容易ではない。ましてや、妹と弟を食わせるだけの稼《かせ》ぎは望むべくもない。

妹ひとり、弟ひとりなら、引き取って育ててくれる人がいるだろう。だがそれがいい人だとは限らない。もし売り飛ばされてしまったらと考えると、吉の胸が苦しくなった。自分はまだいい。でもがんぜない妹や弟までもが、一生、働き手としてこきつかわれるだけだなんて、辛すぎる。

そのときに「お吉ちゃん。うちで働けばいいよ。うちで働いて、妹と弟を育てておやり」といってくれたのが、民だった。

そのとき、救われたと思ったことを、吉は今でも鮮やかに覚えている。民が観《かん》音様《のん》のように見えた。

父親が菓子を作っていた店で働ける。そして自分がこの手で、妹や弟を育てることができる。妹や弟と離れ離れにならずにすむ。

民が持ってきてくれた大福餅《だいふくもち》を食べながら、吉はしゃくりあげて泣いた。あんこの甘さが口いっぱいに広がると同時に、心を縛《しば》っていた不安がほどけていった。

そしてその日から、菓子は、吉にとって、自分を励《はげ》まし勇気づけてくれるものになった。

民は、吉が松緑苑で働いている間、加代と太吉の面倒を見てくれるようにと、長屋の人たちに口添えもしてくれた。

長屋の人々は、留吉と菊が、隣町に住む幼馴染《おさななじみ》の家族を助けようとして命を失ったことを知っていて、三人の行く末をわがことのように案じていた。困った人がいれば我先に世話を焼きたがるおかみさんたちも揃《そろ》っていた。

吉が松緑苑で働けることを長屋中が喜び、民にいわれるまでもなく、妹弟の世話を買って出てくれた。

おかみさんたちは、吉たちの洗濯や繕《つくろ》い物に手を貸し、ときには妹弟をわが子のように叱《しか》り飛ばしたりもしてくれた。それに少しでも報《むく》いるために、弟は水汲み、妹は厠《かわや》や長屋のお稲荷《いなり》さんの掃除《そうじ》などを手伝った。

加代は十七歳で大工の平太《へいた》に嫁《とつ》ぎ、今では三歳の娘と一歳の息子の母親だ。太吉は松五郎の紹介で、十二歳から小豆問屋の「若本屋《わかもと》」で働いている。

民と松五郎がいなかったら、松緑苑がなかったら、長屋の人たちがいなかったら――、三人はこうして生きてこられなかった。

「それとも……まだ踏ん切りがつかないのかい」

民が長次《ちょうじ》のことをいっていると気づき、吉の表情がこわばった。

長次ははじめて吉が好きになった松緑苑の菓子職人だ。だが長次は、吉より六つも若い、大きな飴《あめ》屋のひとり娘に見初《みそ》められ、婿《むこ》に入った。それが昨年のことである。

「あのことはもう……あたしはただ、松緑苑が好きで……。おかみさん、本当に店を閉じるんですか。こんなおいしい粽の新作を今日、店に並べようってのに」

「店を閉じるのは、あたしらだって寂しくてたまらない。……だけど、あの人は前から決めていたらしくてね」

民はあいまいに笑って、口を濁した。

「粽、んまかったかい？」

「……へぇ。甘さと柔らかさが絶妙で、上品で。お年寄りから小さな子どもまで好きになる味です。柏餅《かしわもち》と並べて売ったら、きっと評判になりますよ」

菓子のことになると、吉はすらすらと言葉が出てくる。

ふっと笑うと、民の目が糸のように細くなった。

「お吉の太鼓判《たいこばん》は、いつだって嬉《うれ》しいよ。おまえの舌は特別だから」

「……覚えておきますね、あたし、この味をずっと」

十人並みの器量《きりよう》だが、吉は丸顔で色白。愛嬌《あいきよう》がある。笑うと大きな二皮目《ふたかわめ》が三日月になり、頰《ほお》が桜色に丸く染まった。

「ああ。忘れないでおくれ」

父親が菓子職人だったからだろうか。

吉は、菓子の味や口当たりのすべてを、記憶することができた。

ひと口食べただけで、その菓子の中に入っているあんこが、鍋《なべ》でふっくらとふくらんだ状態や、練《ね》りあがったばかりのとろりと艶のある姿が見えるような気がする。どんな手順で、何を使って作ったものなのか、おおよそのところもわかってしまう。

松五郎と民も、吉の舌には一目置《いちもく》いていて、今日のように新しい菓子を試食して、味わいを確かめるのも吉の役目だった。

吉は、藍《あい》の前掛けをきりりと結び、松緑苑の店に出た。朋輩がすぐさま吉に声をかける。

「そちらのお客様をお願い」

「へぇ。……いらっしゃいまし」

思案《しあん》顔をした中年の女に、吉は駆け寄った。渋い紬《つむぎ》に上品な縞《しま》の博多《はかた》献上《けんじよう》を締《し》め、頬に手をあてて、小首をかしげている。

「ここの柏餅はほっぺがおちるほど、んまいって、小間物屋のおかみさんがいってたんだけど、柏餅のあんこと味噌《みそ》あん……ん～、どっちにしようかねぇ」

「それならぜひ、両方、お求めくださいまし。こしあんのきめの細かさと上品な味わいは折り紙付きでございます。しっとりしているのに、口の中でさらさらと溶けていくんです。味噌あんは、とろりとしていて、味噌の味わいと甘さがほどよく入り混じっております。餅はコシがあり、むっちりもちもち。葉も最高級のものを使っていますので、餅に柏の香りもしっかり感じられます。柏餅そのものは、やや小ぶりですので、お子さんでもご年配の方でも、きっと、それぞれ一個ずつ召し上がっていただけます」

「……すごい口上《こうじょう》……」

感心したように女は目を丸くして、吉を見上げる。

「え、あ……」

思わず口ごもった。

「そこまでいわれたら、両方、食べてみないとね」

女はくすっと笑って、こしあんと味噌あんそれぞれ五個ずつ注文した。

「ありがとうございます。また、いらしてくださいまし」

店先まで出て女にお礼をいい、頭を下げたとき、吉の胸元から小さな帳面が音もなく滑《すべ》り落ちた。吉はそれには気づかず、別の客に応対するために店の中に戻っていく。

そのとき、店に入ってきた年配の男が帳面を拾《ひろ》い上げた。

ぐいっとえらが張った四角い顔をしている。体もどっしりと大きい。上等な紬の着物を着たその男は、帳面をめくると眉をあげ、店内に設けられた長床几《ながしょうぎ》に座った。

半紙を半分に切って、こよりで綴《と》じた帳面だった。男は帳面をめくっては、目を走らせる。やがて男は、顎に手をやった。

「ふむ……」

花びら餅、黒豆《くろまめ》餅、上生菓子《じょうなまがし》・福寿《ふくじゅ》草、梅羊羹《うめようかん》、ヨモギ餅、雛《ひな》あられ、菱《ひし》餅、花見団子……。帳面には、正月の菓子からはじまり、柏餅、粽まで、それぞれの菓子の感想が小さな女文字で記してあった。

自分の帳面を、男が読んでいる姿を見て、吉ははじめてそれを落としたことに気がついた。恥ずかしさにカッと頰が朱《しゅ》に染まる。吉はあわてて駆け寄った。

「あ、すみません。それ……」

「おめえが書いたのか……」

人に指示をするのに慣れた口調で男は尋《たず》ねる。

「へ、へぇ」

それは吉が肌身《はだみ》離さず持ち歩いている帳面だった。

『とぉんと帖』と表紙に書かれたその帳面に、吉は、自分が食べた菓子のことを細々《こまごま》と記していた。

「粽は、得《え》も言われぬ味わいとあるが……」

男は、帳面を目で追いながら渋い声でいう。

文政《ぶんせい》八年（一八二五）皐月《さつき》（五月）一日。先ほど食べた「粽」について、今しがたお勝手の隅《すみ》で書いたばかりのものだ。

「京では五月の節句には粽だと聞いたことがあるが、江戸で粽とは、珍しいな」

吉が顔をあげた。

菓子の話となれば、吉の肝《きも》が据《す》わる。おどおどしていた気持ちがすーっと消えていく。

「ええ。……西のほうでは柏餅ではなく粽が主流だそうでございます。それで、主の松五郎が工夫いたしまして、粽をこしらえ、本日、はじめて販売しております。ですが、あと五日で食べおさめでございます。来年はございません」

「……食べおさめ」

「へぇ。松緑苑は五月のお節句をもって閉店いたしますので……ですから、もしご興味があればぜひ、この粽と、松緑苑ならではの柏餅を味わってくださいまし」

「うめぇのか」

「へぇ。評判も上々でございます」

「よし。粽、柏餅のこしあんと味噌あん、すべて十個ずつ包んでおくれ」

「あ、ありがとうございます。ただいま。……あの、お目汚しでございました」

吉は男からとぉんと帖を両手で受け取ると、胸元にぐいっとつっこんだ。

翌朝もその男が店にやってきた。だが、男は店を素通りし、奥に入っていく。

しばらくして、民が吉を手招きした。

「あたしもよくわからないんだけど……」

民がいぶかしげに首をかしげた。こめかみの黒子がぴくぴく動いている。

「とにかく、お吉を呼んで来いって。……急いで座敷まで来ておくれ」

民に押し出されるようにして吉は座敷の前の廊下《ろうか》に座った。座敷には前掛けをとった松五郎とあの男が座っていた。

吉は肝がつぶれるほど驚いた。閉店を間近《まぢか》に控《ひか》え、お客さんがひきも切らず、連日、松五郎は朝から晩まで作業場にはりついている。職人ふたりに指示を飛ばし、仕事ぶりを厳しく見つめ、寸暇《すんか》を惜しみ、松五郎は自《みずか》らもあんを練ったり、餅を作ったりしていた。

その松五郎を作業場から引き離すほどの用事とは何だろう。なぜ、その場に自分が呼び出されたのだろう。皆目見当《かいもく》がつかない。

「お吉、こちらは読売屋《よみうり》の風香堂《ふうかどう》の主人・光太郎《こうたろう》さんだ」

読売は、瓦版《かわらばん》とも呼ばれ、今でいう新聞や週刊誌のようなものだ。徳川《とくがわ》軍が豊臣方《とよとみ》を壊滅《かいめつ》させた大坂《おおさか》夏の陣のあとに生まれたものだといわれる。大事件や火事、大雨や地震、心中《しんじゆう》事件や仇討《あだう》ちなどの情報を、絵入りの一枚刷《ず》りで伝える読売は、物見高い江戸っ子にとってなくてはならないものだった。

「おめぇ、読売屋で働く気はねぇか。光太郎さんは、今、読売の女の書き手を探しておられるんだそうだ」

読売？　女の書き手？

あっけにとられて、思わず顔をあげた。

「あ、あたしは、菓子処の女中でございます。読売を書くなんて、そんな途方もないこと……」

「おめぇの帳面を読んで、光太郎さんはそうおっしゃってくだすってるんだ」

松五郎がいった。恥ずかしさで、吉は消え入りそうな気持ちになった。

「あ……あれは……人さまにお見せするようなものでは……」

「うむ。確かにあれは、おめえが自分だけのために書いた覚え書きのようなものだ」

光太郎が低い声でうなずく。

「だが、おめえには書きたいことがある。それは書き手にとって一等大切なことだ。やってみねぇか」

「…………」

吉のまわりに読売書きをしている人はいない。読売を自分で買い求めたこともない。誰かが買った読売を見せてもらったことがあるくらいで、吉は読売について何も知らない。あまりに唐突《とうとつ》な話で、吉は声もだせずにいた。

「おめえには江戸の菓子のことを書いてもらいたい」

「菓子のこと……」

「……よく考えて、返事をしておくれ」

光太郎はそれだけ吉にいうと、松五郎に頭を下げた。

「本日は、時間を取らせてすまなかった。またすぐ店に寄らせてもらいまさぁ。柏餅はもちろん、粽は……得も言われぬ味わいで。……これほどの腕をお持ちの松五郎さんが、店を閉じられるとは、本当に惜しくてなりやせん」

とぉんと帖に書いた言葉を光太郎が引用したことに気づき、吉の胸がどきんとなった。

光太郎が辞すると、松五郎はいそいで立ち上がり、前掛けをかけた。

「なんてことを言うんだろうね、あの人は。女が読物を書くなんて、聞いたことがないよ。お吉がかわいそうだ」

松五郎に向かって、民はぷりぷりと怒っている。

「そりゃ、読物は世の中のことを教えてくれるものだよ。でも、噂《うわさ》話や幽霊話なんていい加減《かげん》なものや、えげつないものもいっぱい載《の》っているじゃないか。そんなところにお吉をやれるもんかい。冗談じゃないよ」

だが、松五郎が民を遮《さえぎ》った。

「……風香堂の光太郎さんは話がわかるお人だと聞く。お吉、一度、話を聞きにいってもいいんじゃねぇか」

「おまいさん!」

松五郎は息を巻く民を手で制した。

「お吉、おめえは菓子のことになると、なんぼでもしゃべっていられるだろう。おめえの話を聞くだけで、菓子を食べているような心持《こころもち》になるっていう客もいるくらいだ。帳面にどんなことを書いているか、おれぁ知らねぇが、光太郎さんはそれを読んで、おめえならおもしれえものを書けるって思われたんじゃねぇのか」

「おもしろいもの……」

吉は顔をあげた。

「ああ、光太郎さんにそういわれて、なるほど、おめえにならと、江戸っ子が飛びつくようなうめえ菓子の話が書けるかもしれねぇと、おれも思わず膝を打ったぜ。風香堂といえば、読売の老舗だ。その主が伊達《だて》や酔狂《すいきよう》で、読売の書き手にならねえかなんて話を持ちかけたりはしねえ」

「……………」

「でもお菓子のことが書いてある読物なんて、見たことも聞いたこともありませんよ」

民がぴしゃりといった。松五郎は穏やかな顔を崩《くず》さない。

「きっと何か、お考えがあるんだろうよ。新作の粽みてえに、新しい読売を作ろうと考えているのかもしれねぇし」

たっぷりした体格の民とは対照的に、松五郎は鶴《つる》のようにやせている。

近年、めっきり額が後退し、ゴマ塩のちょんまげはどんどん細くなっている。けれど、どんなときでもイライラした様子は見せず、口調は優しいままだ。

「こんなに忙しい大事なときに、旦那さん、あたしのことでお時間をとらせてしまって、本当に申し訳ありません……でもあたしは読物を書くなんて……」

「縁《えん》は異《い》なものってな……まったく。菓子の話なら天下一品のお吉に目をつけるなんざ、光太郎さんは、やっぱり、ただもんじゃねぇや。断るのはすぐにもできる。お吉、ちょいと考えてみたらどうだ……」

そういって作業場へ向かう松五郎を、民が追いかけていく。

「ちょっとおまいさん。そんな雲をつかむようなこといって。……男だったら、読物もいいよ。でも、お吉は女だ。そんな仕事をさせるわけにはいかないよ」

「あったりめぇだ。お吉が男だったら、読売屋になんかさせたりしねぇ。菓子職人に決まってらぁ」

松五郎がそういったのを聞いて、吉は嬉しくなった。吉もなれるものなら菓子職人になりたかった。民のため息が続く。

「ほんとにねえ、あの子が男だったら、いい職人になっただろうに。一度食べたものの味を、すっかり覚えてしまうんだから……長次の気持ちが浮《うわ》ついていることに気づいたのも、あんこの味が前と変わったことからだったなんて、ほんとにねぇ……」

はねあがった吉の気持ちがすとんと沈んだ。

松緑苑では、小豆を本焚《だ》きする前に、一度あっさりと茹《ゆ》でて渋抜《しぶぬ》きをする。この茹で加減が難しい。煮込みすぎれば豆の旨味《うまみ》が消えてしまう。だが、十分に煮込まないと、青臭《あおくさ》さが抜けない。小豆の青臭さが抜けきる、その瞬間をとらえるのが、職人の腕だ。

渋抜きがすんだ小豆は、砂糖を水に溶かしたものの中に入れ、銅鍋で火にかけ、蜜《みつ》漬けをする本焚きにかかる。このとき火が足りなければ、とろとろの緩《ゆる》いあんこになってしまうし、火をいれすぎるとあんこはぱさぱさになる。この塩梅《あんばい》も、職人の腕の見せ所だった。

あの日、吉は首をひねった。あんこの豆の香りが薄く、口当たりが少し硬い気がした。思いあぐねた末に、吉は民に、そのことを伝えた。

それは長次が作ったあんこだった。豆の渋抜きの時間が少しだけ長く、砂糖を加えてからの煮込み時間が短かったようだった。

その夕方遅く、吉は長次から店の裏に呼び出された。

自分が民たちにあんこの味が違うといったために、長次を追い詰めてしまったと胸を痛めていた吉に、長次はいきなり「これまでのことは忘れてくれ。おれは店もやめる」といった。

驚いて顔をあげた吉に、長次は「もうおめえとはこれっきりだ。これでしまいにしてくれ」と吐き捨て、「仕事が終わっておめえに会っても、菓子の話ばかり。まじめなだけで、これといってとりえもなく、かわいげもねえ。はなから一緒になんかなる気はなかったんだよ」と続けた。

付文《つけぶみ》をもらい、長次と仕事の合間に親しく話をするようになり、大川《おおかわ》の花火を一緒に見にもいった。吉は長次といつか一緒になると思っていた。

だが吉のはじめての恋は、心の傷だけを残して消えた。

そしてその朝がやってきた。

「姉ちゃん、これ。……長い間、松緑苑で働いてくれてありがとう」

妹の加代が通りを駆けてきて、店の前を箒《ほうき》で掃除していた吉に重箱《じゅうばこ》をふたつ、手渡した。

「お赤飯を炊いたの。ひとつは姉ちゃんに、もうひとつは松緑苑の旦那さんとおかみさんに」

そういって吉に頭を下げると、加代は子どもたちを姑《しゅうとめ》に預けているからといって、あわただしく帰って行った。

昼過ぎには、弟の太吉から言付《ことづ》かったと、魚屋が小さめではあるが鯛《たい》の尾頭付《おかしらつ》きを三尾、置いていった。中には紙が入っていて「姉ちゃん、これまでありがとうございました」「旦那さん、おかみさん。お世話になりました」と太吉の字で書かれていた。

嬉しくて涙ぐみそうになる気持ちを奮《ふる》い立たせて、吉は一日働いた。

皐月五日の夕方。松緑苑は、のれんを下ろし、店を閉じた。

吉たちは店の隅々まで、雑巾《ぞうきん》をかけ、きれいに清めた。

店のどこにも、思い出が残っていた。

十二歳ではじめて店の前掛けを付けた日から、吉は必死に働いた。松緑苑に住み込みの雇人《やといにん》はいない。吉も、通《かよ》いだった。吉は毎朝、誰より早く店に来て、はたきをかけ、箒を使い、雑巾がけをした。

菓子の味を舌で覚え、お客の顔と名前と好みの菓子も覚えた。どの菓子がどの客に喜ばれるかがわかってくると、店に出るのがいっそうおもしろくなった。

松五郎や民が、ときに、この店で働いていたころの留吉の話をしてくれることもあった。そのせいか、父親が作業場にいるような気がしたことも二度三度ではない。

一心に働くことで、寂しさや悲しみを紛《まぎ》らわせられることも知った。

吉はこの松緑苑で育ち、大人《おとな》になったのだ。

職人や女中はひとりまたひとりと、暇《いとま》をつげて店を去っていく。最後に残ったのは吉ひとりだった。

神棚の蠟燭《ろうそく》に火をともした座敷で、主人夫婦から吉に手当てが渡された。

「よくやってくれた。お吉、おめえが松緑苑の有終の美を飾ってくれた。それに嬉しいじゃねぇか。加代と太吉の気持ちもよぅ……」

松五郎の細い目がうるんでいる。

民に勧められ、吉は松五郎夫婦と三人で、赤飯と鯛の尾頭付きを食べた。

「お吉、これを持っておいき」

夕飯が終わると、民は大きな風呂敷包を差し出した。風呂敷をあけると、松緑苑と名が入った前掛けと手拭いが出てきた。

その下には、ちりめんのかわいらしい巾着《きんちゃく》があった。巾着の脇におかれた布《ぬの》袋《ぶくろ》の中には、鮮やかな朱色の鼻緒《はなお》がついた黒塗《ぬ》りの下駄《げた》が入っていた。その下には、ぱんぱんにふくらんだたとう紙がおかれている。

たとう紙を開くと、藍の矢鱈《やたら》縞の紬や、黄土《おうど》色地に橙《だいだい》や朱の糸がはいった半《はん》幅帯《はばおび》、桜《さくら》色の紋綸子《もんりんず》ボカシ染《ぞめ》の正絹小紋《しょうけんこもん》、臙脂《えんじ》色の地織《じお》りに玉虫《たまむし》色の縞が入った博多献上。帯締め、帯揚《あ》げなどが次々に現われた。

「おかみさん、これ……」

「あたしには派手になってしまったから、おまえに。ゆきも丈《たけ》も直しておいたから、明日からでも着れるよ」

「もったいない……あたしなんかに」

「おまえに着てほしいんだ。娘のようなものだから」

民が涙ぐんだ。民の心遣いが身にしみて吉の胸がいっぱいになる。吉はふたりの前に手をついた。

「……おかみさん、旦那さん、あたし、なんていっていいか。おふたりのおかげで、これまであたしは……ううん、あたしたち姉弟が生きてこられました。本当にありがとうございました」

「何言ってるんだい、水臭い。……お吉の顔が見られないと思うと、明日から寂しくなる。たまには遊びに来ておくれよ」

そのとき、吉はたとう紙の下に何かがさりと音がするものがあることに気づいた。

「これ……」

まっさらな紙の束《たば》だった。松五郎がふっと微笑《ほほえ》む。

「大福帳にしようと余分に求めておいたものだよ。おめえが使ってくれ」

「いいんですか」

「ああ。とぉんと帖にしておくれ。ところで、おめえのとぉんと帖は何冊になった」

松五郎が尋ねた。

「へえ、十九冊となりました。六歳で字を覚えてから毎年、一冊ずつ。書いているのは、ほとんどが松緑苑のお菓子のことばかりです」

「……読ませてはくれねぇか」

松五郎が身をのりだした。吉はまばたきをした。まさか、菓子を作った本人の松五郎に、自分の感想を読ませるなど、考えたこともなかった。

だが、松五郎は繰り返す。

「読んでみてぇんだ。おめえがうちの菓子をなんて書いていたか」

「でも……」

「あたしも読んでみたい。お吉、見せておくれ」

民も口を揃えた。

吉は小さくうなずき、胸元から取り出した帳面をふたりに手渡した。

ふたりは黙って、とぉんと帖を開いた。やがて、民が小さな声で読み始めた。

柏餅のところだった。

「文政八年皐月一日……松緑苑の柏餅は、手の平ほどの大きさの柏の葉でやや小ぶりの餅がすっぽりと包まれている。葉表《はおもて》のものがこしあんで、葉裏《うら》が味噌あん。小ぶりでも餅は厚めで、食べごたえがある。こしあんは薫《かお》り高く上品。味噌あんはしょっぱさと甘さが絶妙。あんこ好きのあたしはやはり、こしあんがいい。……粽……イ草の紐をくるくるとほどき、五枚の笹をむくと、雨のしずくのような美しい形をした外郎が姿をあらわす。……上新粉《じょうしんこ》とくず粉のなめらかな舌触り……得も言われぬ……」

民の目から涙がほろほろとあふれた。

松五郎がぐずっと鼻をする。

「店はなくなるが、お吉のこの帳面に、うちの粽と柏餅が残ってやがる。他の菓子もみんな、ここに生きてやがる。お吉、おめえがうちの味をずぅっと覚えていてくれるんだな」

民がうなずいた。

「……ほんとに嬉しいことだねぇ」

「お吉、おめえ、読売のこと、真剣に考えてみたらどうでぇ」

「おまいさん、いやですよ。お吉は女なんだから、読売なんて」

たちまち民が顔をしかめる。

「だけどよ。お吉には向いているような気がするんだ。菓子で人に喜んでもらうのが菓子職人なら、読売は読物で人に喜んでもらうのが仕事。お吉なら、人を、菓子を食べてるような幸せな心持にできるものを書けるんじゃねぇか」

民は松五郎の腕をピシャリと打ち、吉に向き直った。

「お吉、真に受けるこたぁないよ。そんな男の世界に入って、これ以上、縁遠くなったらたいへんだ」

「……ちげぇねえ……」

「早くいい人、見つけるんだよ」

最後に、松五郎は吉に柏餅をひとつ手渡した。

「おめえにと、よけといたんだ」

「旦那さん……」

こしあんの柏餅、松緑苑最後の菓子だった。吉は両手でうけとると、そっと押しいただいた。


暗くなりかけた夜道を、吉は楓《もみじ》川沿いに江戸《えど》橋に向かって歩き、海賊《かいぞく》橋を渡った。

八丁堀《はっちょうぼり》の坂本《さかもと》町二丁目の奥の狭い路地を入った裏長屋、通称長助《ちょうすけ》長屋の、間口二間、奥行き二間半が吉の住まいだった。

民からもらった風呂敷包を肩からおろして、行灯《あんどん》に火を入れた。

ぼんやりと部屋が明るくなる。目に入る家具は布団《ふとん》一式を隠す枕屏風《まくらびょうぶ》と、腰までの高さの小さな箪笥《たんす》一棹《さお》だけだ。

箪笥の上には、両親の位牌《いはい》が祀《まつ》ってある。吉は、まず位牌に、続けて鴨居《かもい》の上にある神棚に長いこと、手を合わせた。

腰をおろすと、疲れがどっと出た。

店では座る時間さえない日々がずっと続いていた。気を張っていたので気がつかなかったが、全身がみしみしいっている。

そしてこれまで先送りにしていた現実がぬっと顔をもたげた。明日からのことだ。

吉の口から、長いため息が漏《も》れ出た。

「これから、どうしようかしらねぇ……」

そのとき、着物のたもとがかさりと鳴った。はっとして、たもとに手を入れると、紙でくるっと包んだ柏餅が入っていた。

吉は柏餅をとりだすと、葉をむき、真っ白な餅を口にした。

上品なこしあんの甘さが口中に広がる。

松緑苑のあんこ。最後の柏餅。

その瞬間、松五郎と民が吉の好きなこの菓子を残してくれたのだと、吉の目から大粒の涙がほろっとこぼれた。

とろけそうな甘さが体にしみわたる。

菓子は、いつも吉の心を慰《なぐさ》め、力づけてくれる。

吉は、首にかけていた手拭いで涙をぬぐった。

松緑苑で働けたのは滅法界《めっぽうかい》もなく幸せなことだった。松五郎の紹介状もある。どこか雇ってくれるところはあるだろう。そこで一所懸命働けば、女一人食べるくらいは稼げるだろう。

これからのことは決まっていなくても、何とかなると思えたのは、松五郎の柏餅のおかげだった。

昨晩はなかなか寝付けなかったのに、朝はいつも通り、夜明けとともに目覚めた。

冷たい井戸水で顔を洗い、朝焼けの空に向かって手を合わせる。それから井戸のそばにあるお稲荷さんに水を供《そな》え、拝《おが》んだ。

「今日も早いね、松緑苑の勤めは昨日までだったんだろ」

二軒先の家の女房タケが首に手拭いをまき、出てきた。

「ええ」

「次の仕事は決まったのかい？」

「これから探さないと」

タケはふっと鼻で笑った。髪を無造作にくし巻きにしている。

「ひとりものってのは気楽でいいね。うちみたいに三人も子どもがいると、そんな悠長《ゆうちょう》なことはいってられないもの。米はあっという間に底をついちまうしさ」

眉間《みけん》に深い縦《たて》じわが二本、刻《きざ》まれている。

桶《おけ》職人の亭主との間に、六つ、四つ、三つの男の子がいるが、子どもたちは寄ると触ると喧嘩《けんか》ばかりで、タケは年がら年中金切《かなき》り声をあげている。暮らしは楽ではないらしく、親子とも、何度も水にさらしたつぎはぎのあたった古い着物を着ていた。

タケは、吉と同い歳で、二年前にこの長屋に越してきた。同い年の吉が、長屋中で娘のようにかわいがられていることがおもしろくないらしく、ふたりだけのときには決まって、角《つの》をつきだす。

「おタケさんには、働いてくれる旦那がいて、子どもがいて、いいじゃないですか」

「まあ、女は男と一緒になって子どもを産んで、なんぼだからねえ。耳にタコだろうけど、あんたも、そろそろ自分のことを考えたら。そのうち、後妻の口もなくなっちまう。そのときになってあわてても遅いってね。……あ、こんなことしてらんない。米を炊かなきゃ」

タケは目の端で笑うと、家に戻っていった。タケのこういういい方には慣れているつもりだった。けれど、松緑苑という心のよりどころがなくなったからなのか、吉は、意外なほど、タケの言葉がこたえている自分に気がついた。

朝食を済ませた後、口入屋《くちいれ》に行こうと腰をあげたのはそのためだった。身支度《みじたく》を整《ととの》え、神棚にもう一度手を合わせ、朝、供えたご飯の皿を下げようとしたとき、神棚から『とぉんと帖』がばさばさと音をたてて落ちてきた。

「えっ、ああっ、こんな出がけに」

急いで拾い集める。ふとその手が止まった。

水無月《みなづき》（六月）八日の項が開いていた。二年前の文政六年のとぉんと帖だ。

『月姫《つきひめ》　抹茶《まつちゃ》あんの爽やかな風味となめらかな舌触り、中に黒砂糖で味付けられた大納言《だいなごん》小豆が丸ごと、入っている。こちらは大納言小豆をそのまま味わっているかのよう。斜《なな》めに切った竹の器《うつわ》の香りが清々《すがすが》しい』

月姫は、真夏に人気のあった松緑苑の水羊羹だった。かぐや姫と名付けたいところを、あえて松五郎が思わせぶりな月姫と命名したものだ。

霜月《しもつき》（十一月）三日の項が開いている帳面は、三年前の文政五年のものだった。

『黒糖《こくとう》かりんとう　外側はかりっとしているが、内側はさくさくした食感。かみしめるごとに黒砂糖の甘味と香ばしさが弾《はじ》ける。そして蜜の甘さが口いっぱいに広がる。お供は熱々のほうじ茶。もう一個、あと一個とあとをひくので、あればあるだけ食べてしまいそう』

黒糖かりんとうは、冬場に求める人が多かった。

小間物問屋のおかみと、町内の剣術道場の奥方、蕎麦《そば》屋の嫁さんは、三日と空けずに買いに来てくれた。

気がつくと、吉は座り込んで、とぉんと帖を読みふけっていた。

それぞれの菓子の味わいが口中に蘇《よみがえ》ってくる。

「店はなくなるが、お吉のこの帳面に、うちの粽と柏餅が残ってやがる。他の菓子もみんな、ここに生きてやがる。お吉、おめえがうちの味をずぅっと覚えていてくれるんだな」

「……ほんとに嬉しいことだねぇ」

昨日の松五郎と民の言葉が吉の耳の奥に響《ひび》いた。

自分のためだけに書いていたものを、ふたりがあんなに喜んでくれるとは思ってもみなかった。この帳面がある限り、小松町に松緑苑という店があり、様々な菓子を松五郎や父親が作っていて、多くの人に喜ばれていたことを、吉はいつでも思い出すことができる。ひとつひとつの菓子の味を、想像の中でもう一度味わうこともできる。

「菓子で人に喜んでもらうのが菓子職人なら、読売は読物で人に喜んでもらうのが仕事。お吉なら、人を、菓子を食べてるような幸せな心持にできるものを書けるんじゃねぇか」

菓子職人も読売書きも、人を幸せな心持にする仕事だといった松五郎の言葉が、耳の奥にもう一度聞こえた。

とぉんと帖を膝《ひざ》の上に置き、しばらくの間、吉は考え込んだ。

やがて吉は、顔をあげ、家を出た。

万《よろず》町は大勢の人でにぎわっていた。

粋《いき》な着流し姿の読売売りたちが大きな声をはりあげている。

「て〜へんだ、て〜へんだ！　名主《なぬし》の娘が、出入りの大工と恋仲になったはいいものの、親に反対されたときたもんだ。泣かせるじゃァないか。それならあの世で一緒になろうと、ふたりは揃いの浴衣《ゆかた》を着て、手と足を緋《ひ》ぢりめんの帯で結んで、大川に身を投げた」

「お～～、そりゃまた気の毒な」

人々が足をとめて、読売売りを取り囲《かこ》んだ。

「娘は十八、男は二十《はたち》。うぶな女の一途《いちず》な恋心。その気持ちにほだされて、短い命を散らす若い男。……天下を司《つかさど》る幕府の大奥《おおおく》ではいろ～～んなことがあるっていうのに。うわつかたとは大違い。こいつぁ、涙なしでは読めねえや。さあ、知りたかったら買っとくれ！　そしていっしょに泣いとくれ！　出来立てほやほやの読売だぁ！」

読売売りは、ぼーっと立ちすくんで口上を聞いていた吉に駆け寄った。

「ねぇさん、十六文のかけそばの楽しみはちょんの間だが、読売は何度も読み返して楽しめるぜ。ほらよ、一部四文」

読売を手渡されて、吉はあわてて巾着から四文取り出した。

桔梗縞《ききょう》の浴衣を着て、緋ぢりめんの帯で手足をくくりつけて身を投げた男女が、大川から引き揚げられたという。娘は小梅《こうめ》村の名主の娘、男は南新堀《みなみしんぼり》町に住む大工といった話が綴《つづ》られている。

だが、そこに添えられた絵に描かれているのは、心中を起こした男女ではなく、僧侶《そうりょ》と大奥を思わせる風体《ふうてい》の女だった。女は僧侶にあられもない様子でしなだれかかっている。吉はぎょっとして首をすくめた。

「これは……」

魚市場帰りらしき棒手《ぼて》振《ふ》りの男が後ろからのぞき込み、ごくりと生唾《なまつば》をのみこんだ。

日本橋川沿いに魚市場があるため、川には、生きのいい魚を届けるために八丁の櫓《ろ》でこぐ押送船《おしおくりぶね》がひっきりなしに行きかっている。

魚は日本橋河岸《かし》に横付けされると、すぐに仕分けされ、問屋の店先に並べられ、そこに江戸の魚屋や棒手振りが集まるのだ。

万町の目の前には大きな青物《あおもの》市場があり、早朝に仕入れを行なう者や、料理屋の仕入れ人で、こちらもごったがえしている。

「やるじゃねぇか。雑司《ぞうし》が谷《や》の感応寺《かんのうじ》の腐《くさ》れ坊主《ぼうず》と大奥女中の密会ってか。おおかた、今や飛ぶ鳥を落とす勢いの側室のお美代《みよ》の方の女中たちだぜ。……かたや命を懸《か》けて、純な恋心を貫いたってのに、こんなことをやらかしてる、あばずれ女たちもいやがる。まったく。知らぬは将軍ばかりなりってな。馬鹿野郎は誰だって話だ。なぁ、姉さん」

「へ、……へぇ」

「……さすが風香堂の読売だ。おい、俺にも売っとくれ」

男はいいたいことだけいうと、読売屋のほうに行ってしまった。

口入屋に行く前に、風香堂の光太郎の話をちゃんと聞いてみようと思ってここまで来たものの、急に、吉は心細くなった。

女と僧侶の絡《から》み合いの絵……薹《とう》は立っているといっても、吉は嫁入り前の娘だ。菓子のことを書くのが仕事だといわれたけれど、男女の秘めごとまで踏み込み、暴《あば》きたてるような世界で自分が生きられるだろうか。

やはり民のいう通り、女にやれる仕事ではないのかもしれないと、引き返そうとしたとき、ぽつっと雨が落ちて、地面にシミをつくった。

蜘蛛《くも》の子を散らすように、人々は通りから姿を消して軒先に走っていく。

吉もあわてて軒下に入った。入ってからぎょっとした。よりによって風香堂の軒下だった。

のぞくつもりはなかったが、目に中の様子が飛び込んでくる。

上がり框《かまち》には、ふんどしに法被《はっぴ》をはおっただけの飛脚《ひきゃく》が座っていた。飛脚は、筆《ふで》を持つ男と話をしている。

「コロリはまだおさまってねぇのか」

「へえ、去年ほどではねぇけど、九州《きゆうしゆう》では人が大勢おっ死《ち》んどるそうですて」

ぞっと、吉の肝が冷える。

発病すると、ころりと死ぬからコロリ（虎狼狸）と呼ばれる病は、六年前の文政二年（一八一九）に大流行した病である。

西日本の各地で大勢の人が毎日、死んだ。治療法はおろか、原因さえわからない。看病《かんびよう》にあたった家族も医師も、南無阿弥陀仏《なむあみだぶつ》を唱《とな》えた坊さんも、墓を掘った者も次々に命を落とした。

幸《さいわ》い、江戸は無事だったが、西の各地で棺桶《かんおけ》が不足したとか、邪気払《じやきばら》いのために山車《だし》を引き出したなど、読売はコロリ一色となり、江戸の人々も恐怖に震えた。

「だが、箱根《はこね》の山は越えられはしねえだろう。これまでだって、江戸にコロリが入ったことはねぇんだから」

「さぁどうだか……」

「どうだかって、おめえ。徳川様の御威光《ごいこう》で……」

むっとした声を出した男を、飛脚があきれたように見た。

「だんな、本気でそう思ってるんですかい？　九州から、東海道《とうかいどう》にまで広がったんですぜ。海だって、川だって、越えてきますぜ。……もともと毛唐《けとう》が持ち込んだものだって、あっちではもっぱらの噂だし。だったらなおさら、徳川様の御威光もクソもねぇでしょうが」

「……確かに。昔は、そんな病はなかったのになぁ……ったく、困ったもんだ。で、他にはどんなことを耳にした？」

「相変《あいか》わらず、疱瘡《ほうそう》も流行《はや》っているようですぜ」

「疱瘡もかっ」

「立川《たちかわ》の諏訪《すわ》神社やなんやらに参拝《さんぱい》する人がひきもきらねぇって」

「厄介《やっかい》だな……」

「まったくでさぁ」

コロリが流行る前、病で最も恐れられたのは疱瘡（天然痘《てんねんとう》）だった。

こちらの原因も、治療法もわからない。病気をもたらす疫病神《やくびょうがみ》の怒りを鎮《しず》め、とりつかれないように願掛《がんか》けをする人も多かった。境内《けいだい》に疱瘡神が祀《まつ》られている神社や、除疫《じょえき》の守と疱瘡の守の御札《おふだ》で有名な寺も少なくない。

「米の作柄《さくがら》はどうだ？」

「西のほうは例年通りってとこかな」

「つうことは、今年は、一揆《いっき》はねえか……」

「このままでいけば」

男は、筆をおくと、懐《ふところ》から銭《ぜに》を出して、飛脚に支払った。

「次はいつ、出発する」

「明後日《あさって》でさぁ」

「帰ったら、また必ず寄ってくれ」

「へぇ」

「雨が降っている。奥でゆっくりしていってくれ。すぐに酒の用意をさせる」

「ごちになりやす」

飛脚は舌なめずりしながら、奥に入って行く。

男たちのやり取りを聞きながら、吉はやはり、ここに自分の出る幕はないと思った。

菓子屋と違って、読売屋で働いているのは男たちばかり。口調もなにもかもが荒々しい。

すぐにでも回れ右をして、口入屋に行きたかったが、雨はしとしと降り続いている。

「あなた邪魔《じやま》。そこ、どいて」

不意《ふい》に、高飛車《たかびしや》な声が聞こえた。

顔をあげると、紫《むらさき》地に藍で弧《こ》を描《えが》いた青海波《せいがいは》の着物に、白地の博多献上を締めた、姿《すがた》のいい女が傘《かさ》をたたんでいた。瓜《うり》ざね顔に、形の良い鼻、棗《なつめ》のような目……はっとするほどきれいな顔で、つぶし島田《しまだ》がよく似合っている。島田を結《ゆ》っているということは未婚なのだろう。吉と同い年くらいのようだった。

「あ、申し訳ありません」

あわてて吉は一歩、体を折るようにして前に出た。雨が顔にかかる。

女は吉など目に入っていない様子で、顎をあげて、中に入っていく。とたんに、風香堂の中が静まり返った。

「ただいま戻りました」

女はにこりともせずにいうと、脇《わき》の階段をすたすたと上がっていく。

女の後に、若い男が続いた。

雨の中、傘を持たずにしばらく歩いてきたのだろう。

男は頬かむりにした手拭いをとり、濡《ぬ》れた肩をぱたぱたと叩《たた》くようにして拭いた。二本差しで、まだ若く、何より背が高いことに、吉は驚いた。女としては吉も大きい方だが、並んだらその男の肩までも届かないだろう。肩幅はそれなりにあるが、細身で全体が引き締まっている。

男は吉など目に入らぬように、脇を通り過ぎると上がり框に腰を掛け、濡れた足袋《たび》をぬぎ、手拭いで足を拭った。

「真《しん》さん、ちょいといいかい。今すぐ描いてもらいたいものがあるんだ」

さっきまで飛脚と話していた男が声をかける。

真さんと呼ばれた二本差しがふりむいて、上に目をやった。

「半刻《はんとき》先でもいいですかい。先約があって」

「こっちを先にって、頼んでんだ」

「申し訳ありやせんが、今朝《けさ》、約束しちまったもんで」

男はむっと顔をこわばらせた。

「……真さん、それでいいのか。女の書き手なんかと仕事をしておもしれぇのか」

女の読物の書き手？

吉の全身が耳になる。

二階にあがっていったあの美人は、もしかして……。

だとすると、読売を書くのは男だけではないということになる。

そしてちりちりと肌を刺すような、この不穏な空気は、その女の書き手が引き起こしたものらしかった。

「ったく、冗談じゃねぇや」

「なんぼ、ご隠居《いんきょ》からいわれたからって女と仕事するなんてよぉ……」

奥にいた男たちが憎々《にくにく》しげに口々に続ける。

だが、次の瞬間、みな、ぎょっとしたように口をつぐんだ。

気配《けはい》を感じて、吉がふりむくと、後ろに光太郎が立っていた。

「隠居とは誰のことかな」

光太郎が低い声でいった。男たちはいっせいに首をすくめた。

「誰かと訊《き》いている」

光太郎は、ふんと鼻を鳴らした。

「おおかた清一郎《せいいちろう》がそう呼んでいるんだろう……血のつながった息子が親に向かって、情けねぇ。世の中じゃ『孝は百行《ひゃっこう》の本』、『父の恩は山よりも高く、母の恩は海よりも深し』というのに、自分の親を隠居と人さまにまでいわせて邪険に扱うとは。人さまに馬鹿《ばか》息子といわれても文句はいえめぇ。おめえらは、たった今から、清一郎を馬鹿息子と呼んでいいぞ」

あたりをみまわし、間延《まの》びしたような口調で言う。

「それからおれのことを、金輪際《こんりんざい》、隠居と呼ばねえでくれ。おれは隠居なんぞしておらんからな。さ、真さん、早く二階で仕上げておくれ」

ゆったりしたものいいだが、怒鳴《どな》るよりはるかに迫力がある。二本差しは切れ長の目をふせ、軽く光太郎に会釈《えしゃく》すると階段を上がっていく。

光太郎は吉を見て、頰をゆるめた。

「おお、松緑苑の……よく来てくれたな。さあ、あがってくれ」

「あ、あの……」

顎をしゃくって、光太郎はさっさと階段を上っていく。吉は行きがかり上、光太郎のあとを追うしかない。

「あの女も、まさか」

「俺たちもなめられたもんだ」

下から男たちの憤慨《ふんがい》したようなささやきが聞こえる。

女の書き手は、歓迎されていないということが、ひしひしと伝わってきた。

二階には三つ部屋が並んでいた。通りに面した一番手前の四畳半に、真さんと呼ばれた二本差しがいた。黙々と画材を広げている。

真ん中の部屋も四畳半で、文机《ふづくえ》がふたつあり、先ほどの女がそのひとつの前に座り、墨《すみ》をすっていた。

光太郎は奥の六畳の長火鉢《ながひばち》の前に座った。季節柄、炭《すみ》はいれていない。うながされて、その部屋の隅に、吉は腰をおろした。すぐにも光太郎に断りを入れて帰ろうと思った。

「あの……」

吉が口を開きかけたとき、光太郎が吉を飛び越して声をかける。

「お絹《きぬ》、何か、つかんだか」

文机に向かっていた美女が顔をあげ、光太郎に軽く一礼した。

「先日、将軍家斉《いえなり》さまのご側室お以登《いと》の方が男児をご出産なさったそうです」

「またか」

あきれたようにいって、光太郎は鼻の脇をぽりぽりとかく。

「こうも次々に子どもが生まれては……目玉記事にはならねぇな」

「はい。そのままでは」

第十一代将軍徳川家斉は、艶福家《えんぷくか》で知られている。

「子どもは、全部で何人になったかの？」

「このたびのご出産で、男児が二六人に。女児も二六人いますので、計五二人でございます」

「五二人かぁ」

光太郎は長く息をはいた。

「なんぼすることがないからって、江戸火消しいろは四八組を子どもの数が上回っちまうってのはなぁ……確か、この春、初孫も生まれていたな」

節約、倹約を敷いた寛政《かんせい》の改革を率《ひき》いた松平定信《まつだいらさだのぶ》は失脚した。けれど、政《まつりごと》は、老中《ろうじゅう》たちががっちり握っていて、家斉の出る幕はない。

「孫の初之丞《はつのじょう》さまでございますね」

絹は、武家の出のような、言葉遣いをしている。

「で、お絹、おまえはどうまとめるつもりだ？」

「……今朝、お旗本の西川《にしかわ》様の奥方に伺《うかが》って耳寄りの話を聞いてまいりましたの。ですが、ここで申しあげるわけにはいきません。壁《かべ》に耳あり障子《しょうじ》に目ありと申しますし」

ちらっと、絹が吉に目をやる。

「え、あたし⁉」

絹は吉からすっと目をはずし、紅《べに》を塗った唇を舌でぺろっとなめると、筆をとった。鋭《するど》いまなざし、他の人を受け付けないような表情、ちろっと見えた舌……まるで白ヘビのようだと、吉は思った。

「ふむ。……では仕上がりを楽しみにするか……」

光太郎がとぼけたような表情でいった。

「真二郎《しんじろう》さま、ではご相談しましたように」

絹は首だけまわして、二本差しにいう。二本差しは真二郎という名で絵師なのだろう。真二郎は小さくうなずき、筆を持った。

相手が侍だというのに、絹には改《あらた》まった様子もない。それは絹だけでなく、光太郎もそうだった。

下から声があがってきたのはそのときだ。

「真さん！　降りて来てくれ。急ぎだ！」

光太郎は、ちっと舌打ちをして立ち上がった。

「そっちはそっちでやれや。他の絵描きもいるだろう」

「ったく、何を寝ぼけたこといってんだよぉ。狸親父《たぬき》がっ」

足音高く、壮年の男が階段を上ってきた。がしっと張った顎とぎょろりと大きな目、おもざしが光太郎とよく似ている。

「酔狂はいい加減にしてくれ。隠居したと思ったら、いちばんの絵描きを引き抜いて、あげくに女向けの読売なんてくだんねぇこと、始めやがって。だいてえ隠居するといったのはそっちだろうが。いわなかったとはいわせねぇぜ」

光太郎の息子の清一郎だった。

「そう息巻くな。確かにお前のいう通り、隠居するといったことはある。だが……」

「だがもへちまもあるもんか」

かみつくように、清一郎が怒鳴る。しかし、光太郎はのんびりした口調を崩さない。

「隠居したのは、これまでの読売だ。で、新しい読売をはじめたんだから、当然、隠居はやめだ。だいたい、おれがそっちの読売から手を引いてから、おめぇが作る読売に、何かいったことはあるかい。ねぇよな。ひとことだって口をだしちゃぁいねえ」

「そんな屁理屈《へりくつ》、くそくらえでぇ」

「屁理屈じゃなく、理屈だよ。それが、わかんねぇとは、この馬鹿息子は……。それから、真さんはおれが見つけた絵師だってこと、忘れたわけじゃあ、あるめえ。おれぁ、真さんの絵が気に入ってんだ。だから、仕事を頼んでる。それだけの話だ。ま、気にせんでくれ」

いわれ慣れているのか、馬鹿息子といわれても、清一郎はまったく動じない。それをいえば狸親父といわれた光太郎もである。

「そうはイカの金玉《きんたま》だ。女がしゃしゃり出て読売を書くというだけで、下の士気が下がるんだよ」

清一郎は、絹をひたっと指さした。

「女は愛嬌ってのに、年がら年中、ぶすーっとして、しんねりむっつりした辛気《しんき》臭《くさ》い女が目の前をしゃなりしゃなり行ったり来たりしやがる。そいつの尻《しり》が、てめえの頭の上に、でんとおさまってやがる。天井《てんじょう》を見上げるたびに、みんな、いやぁな心持になるのも道理じゃねぇか」

「士気が落ちる落ちねえは、そっちの問題だ。こっちがどうこうできることじゃねぇや」

「親父、お絹だけじゃなく、まさか、その女も雇う気じゃねぇだろうな」

清一郎にいきなりにらみつけられ、吉はすくみあがった。

「あ、あたし……」

そのときだった。真二郎がすっと立ち上がり、絹に描いた絵を差し出した。絹が満足げにうなずく。

「結構ですわ」

吉は呆気《あっけ》にとられて、真二郎と絹を見つめた。

長屋暮らしなので夫婦喧嘩や親子喧嘩には吉も慣れているが、自分たちのことで、清一郎と光太郎が大声で口争いをしているのに、どこ吹く風という顔で、ふたりはこの間も粛々《しゅくしゅく》と仕事をしていたのだ。

「お待たせしやした。で、どんな仕事ですか」

真二郎は清一郎に、なんでもなかったかのように尋ね、先に階段を下りていく。ふんと鼻から息を吐《は》き、清一郎も下に戻った。

絹も表情ひとつ変えず、筆を動かし続けている。こんな剣呑《けんのん》な空気の中で働くなんて、吉には考えられない。自分には絶対に無理だと、吉は手をきゅっと握りしめた。

早々に光太郎に挨拶をして辞去《じきょ》しなければと膝をすすめようとしたとき、絹がぐいっと吉をおしのけて、光太郎の前に座った。

「いかがでしょうか」

光太郎に、真二郎の絵と、絹が書いた文をさしだす。

『孕《はら》んだ子は五二人。男子は大名の養子に。女子は大名家に輿《こし》入れ。

このたび、お美代の方の娘・溶姫《やすひめ》は前田《まえだ》家正室《せいしつ》に。前田家のかかりは数千両』

太く大きな文字で流れるように書かれ、溶姫の新しい住まいとなる御守殿《ごしゅでん》と丹《に》塗《ぬ》りの赤門、千両箱。その横にはオットセイと、愛妾《あいしょう》と思《おぼ》しき女がしなだれるように抱き合っている影絵、なかなか刺激的な構図の絵が添えられている。オットセイは、精力絶倫《せいりょくぜつりん》の将軍家斉なのだろう。

そして、これまた美しい文字で読物が綴られている。

ふむと、光太郎がうなった。

「ほーっ……いいじゃねぇか。うん、おもしれぇ」

「まことでございますか」

「ああ。これで決まりだな。すぐに刷りに回そう」

「このままで？」

細く通る声で、絹が尋ねる。光太郎がうなずく。

「一字一句、この通りで。よく書けてらぁ」

絹は切れ長の目を瞠《みは》り、白い指を口にあてて、満足げに微笑んだ。

「ところでおめえ、今も、書の師匠を続けているのか」

「はい。一日おきに昼からですけれども。大店やお旗本のお宅にお邪魔して奥様やお嬢様に教えております」

「それは結構至極《しごく》。どこそこから漏れてくる話も聞き逃さねぇようにしておくれ」

「はい。わかっております。では本日はこれで」

絹は立ち上がると、吉に目をやった。

「……下働きの方ですか？」

光太郎は眉をあげた。

「いや。……書き手見習いだよ」

「まあ、それはそれは。とりたてて、とりえがあるとも思えないご様子ですのに」

吉の頰がかーっと赤くなった。

同じような言葉を長次からぶつけられたことが蘇る。思いがけないほど鮮明に、あのときの感情を思い出した。

とりえもないかわいげもない女——

とりえがないといわれればその通りだ。

吉は松緑苑の女中仕事と、妹弟の世話しかやってこなかった。習い事など何一つしたことがない。両親を失ってからは、正月にだってかるたとりをしたこともないし、羽子板《はごいた》をついて遊んだこともない。妹や弟が凧《たこ》揚げに興《きょう》じているときも、吉は水仕事をしていた。

かわいげがないのもわかっている。民と長屋のおかみさん連中に面倒を見てもらったが、優しくされればされるほど、親切に甘えないようにと自分を戒《いまし》めて生きてきた。

長次とつきあいはじめ、自分にも想い人ができたと思ったとき、吉は調子に乗って舞い上がっていたのだと今になって思う。

実のところ、長次は、女としての吉も、働き手としての吉も、妹弟を育て上げた吉も、なにひとつ認めてはいなかった。だから大店のお嬢さんからの話が持ち込まれると、捨て台詞《ぜりふ》を残して、吉を捨ててあっさり乗り換えたのだ。

それでも日々は続いていく。吉は生きていかなくてはならなかった。

長次とのことなどなかったと吉は思いこもうとした。店の者が、長次の話を持ち出すと、胸がツンと痛んだけれど、平気な顔でいようと努めた。

そして表情を変えずにすむようになったとき、吉は長次とのことから、逃げ切ったと思った。だが、気持ちのけりは、まったくついておらず、ただ封じ込めていただけだったのかもしれない。

そうでなくては、見ず知らずの絹という女がふと発した言葉に、これほど動揺してしまうことはないだろう。ふくれあがった悲しみ、悔《くや》しさ、後悔に、吉はこのとき、おしつぶされそうだった。

絹はまっすぐな視線を、吉に向ける。

「へぇ〜……読売の書き手見習いですか。どんなものをどんなふうにお書きになるんでしょう」

絹はとりすました顔で、階段を下りていった。

吉は唇をかみしめ、うつむいた。

自分は、長次のときのように、この絹という女から投げかけられた言葉もまたなかったことにして、やり過ごして生きていくのだろう。

そのとき光太郎が吉に声をかけた。

「よく逃げずに来てくれたな」

逃げずに……。吉の胸がちくりと痛む。

「やる気になったか？」

「………」

「だから、ここにきたんだろうが」

沈黙がおりた。

やがて、吉はこぶしをぎゅっと握りしめた。

「……へぇ。やってみたいと思います」

気がつくと、吉はそういっていた。

口にした瞬間、誰より吉が驚いた。

こんなことをいうなんて、思ってもみなかった。さっきまで断るつもりでいたのに。

光太郎がうむとうなずく。

「やってみたいと思うだけじゃ、いけねえや。……覚悟を決めたんだな」

「……へ、へぇ」

「よし、決まりだ。慣れねぇうちはつれぇこともあるだろうが、自分が書いたもので、人が喜んだり怒ったり、笑ったりする……。おもしれぇ仕事だぜ。いつか、きっと、やってよかったと思う日がくる」

「人が喜んだり怒ったり、笑ったり……」

「そうだ」

光太郎がうむとうなずく。

吉の脳裏《のうり》に、とぉんと帖を読んで涙を流した松五郎と民の顔が浮かんだ。

光太郎は、吉に明日から早速通ってくるようにいった。

「それから、一階の清一郎のことは気にせんでいいからな。おめえにも、やいのやいのいってくるだろうが、聞き流せ」

「……へ、へぇ」

「おめえはへ、へぇばっかしだな」

光太郎が笑った。

吉はすとんと肝が据わったのを感じた。

もう逃げたくない。もう逃げない。

「とりえがない」なんて、いわれっぱなしになるわけにはいかない。

その二　あいや、しばらく

翌朝、風香堂の二階には、刷《す》り上がったばかりの読売《よみうり》が積んであった。

昨日、絹が文を書き、真二郎が絵をつけたものである。

光太郎は吉に一枚、手渡した。読売に目をやった吉の口からほぉっとため息がもれた。

――将軍家斉さまの側室お以登の方が二六番目の男児を出産。将軍の嫡子は五二名になった。さらに、側室・瑠璃《るり》の方も懐妊中で、来年春には五三番目の子どもが生まれる。家斉さまは子どもの数では歴代一位の将軍、子作りにかける気持ちの強さは並ぶものがない。それでいながら、政《まつりごと》ももちろんトドこおりなく行なう精力の強さには感嘆《かんたん》するばかりだ。

とはいえ、この大勢のお子様の中で将軍になるのはたったひとり。他の男子は大名の養子に、女子は大名家に輿《こし》入れすることになる。大名家にとって、この縁《えん》組《ぐみ》は徳川家との絆《きずな》が深まる利点はあるが、金はかかる。

たとえば来年、側室・お美代の方が産んだ第二一番目の女児・溶姫が正室《せいしつ》として輿入れが決まっている前田家では、今、本郷《ほんごう》の上屋敷に溶姫が住む『御守殿《ごしゅでん》』と豪華な丹塗《にぬ》りの門を建てているが、そのかかりは何千両にものぼるともいわれている。

また御守殿の前面に当たる本郷五丁目の半分と六丁目全部の民家を、目障《めざわ》りだという理由で、立ち退《の》かせているため、引っ越しを余儀《よぎ》なくされる町人も少なくない。今、この界隈《かいわい》では「御守殿が出来て町屋も片《かた》はずし」という落首《らくしゅ》が流行《はや》っている――

読売といえど、表だって幕府や将軍を批判すれば店を取りつぶしにされてしまいかねない。だが、絹はぎりぎりのところまで踏み込み、簡潔にまとめていた。

「なかなか乙《おつ》なもんだろう。字もきれえだ」

「へぇ……」

「あれは並みの男じゃかなわねぇ、金箔《きんぱく》つきの根性《こんじょう》もちの女だよ」

「根性持ち……」

絹のすました顔を思い出すと、胸がざわっとするが、見事な字と文は、吉も認めざるを得なかった。

根性持ちといわれればそうだろう。清一郎をはじめ一階の男たちのことも、絹はまったく意《い》に介《かい》していない。面と向かって悪《あ》しざまにののしられても、顔色ひとつ変えない。

「あんな女ははじめて見たって、おめえの顔に書いてあるぜ」

光太郎にいわれ、思わず吉はうなずいた。

松緑苑の女中には要領《ようりょう》のいい子もいれば、悪い子もいた。素直な子も、そうではない子もいた。

けれど、人を人とも思わぬような、そしてそれを隠そうともしない、これほどいけすかない女を、吉は見たことがない。

絹は駒込《こまごめ》にある質屋の娘だと光太郎はいう。子どものころから書の美しさと和歌のうまさが際立《きわだ》っていた絹は、十四歳から二十二歳まで、五〇〇〇石の旗本のお嬢様付きの女中として奉公した。

普通なら、武家に奉公した娘は、それなりの店の御新造《ごしんぞ》様におさまるというところだが、絹は持ち込まれる縁談《えんだん》を片《かた》っ端《ぱし》から断った。

「そんな籠《かご》の鳥の暮らしは御免《ごめん》被《こうむ》りてぇとさ」

墓参りに行くのさえ年に数えるほど、めったに外に出ることができず、一生、屋敷の奥で過ごす武家や大店《おおだな》の女たちの暮らしぶりを見て、自分はそんな生き方はしたくないと思ったというのだ。

親は早く嫁《よめ》に行ってほしいと願っているのに、娘は頑《がん》として首を横にふり続け、親と娘はたちまち険悪《けんあく》な状態となり、絹は二年前からこの近くの仕舞屋《しもたや》で、書を教えながらひとり暮らしをしている。

「湯島《ゆしま》の塗り物問屋の武蔵《むさし》屋さんから、ちょいと変わっているが、字がきれぇで、歌がうまく、文章も書ける娘がいると聞いて、読売を書いてみねぇかと誘ったんだ」

武蔵屋の孫娘が、絹に書を習っていたという。

断られると思ったのに、意外にもふたつ返事で、絹は了承した。

「読売屋になるなんて思ってもみたことがねえから、いっぺん、やってみると、絹はいったんだ」

「えっ⁉　それはどういう……」

「やってみたことがねぇから、それがどんだけおもしれぇか、つまらねぇか、わからねぇ。だから、やるってそういったんだよ」

「…………」

「男たちは読物を書きたいという気持ちで読売屋になるやつが多いんだが。おかしな女さ。三月《みつき》前からここに通ってきているが、男たちから罵詈雑言《ばりぞうごん》浴《あ》びせられても、蛙《かえる》の面《つら》に小便《しょんべん》だ」

光太郎はおもしろそうにくつくつ笑い、続ける。

絹は、この読売の仕事と並行して、今も大店やお旗本の妻や娘たちに通《かよ》いで書を教えているという。

「どうやら絹にも、世の中に物申したいことがあるらしい。そこんとこは、おめえと同じだ」

「世の中に物申すなんて……あたしはそんなたいそうなこと考えたことも……それに、こんなきれいな字は逆立《さかだ》ちしたって……」

「おめえの字にも味があるよ。なんだった、あの帳面」

光太郎はそういって、吉の胸元を指さした。吉はとぉんと帖を取り出した。

「ああ、それだ、それだ」

光太郎は受け取ったとぉんと帖を開いて、指さした。

「ほれ、なかなかいい字じゃねぇか。丸っこくて、揃《そろ》っていて、ぱっとみたときにまとまりがいい。字を覚えたての子どもも、目が悪くなったじいさんばあさんも、読みやすい。別に流麗な文字がいいとも限らねえんだ、読売は」

確かに、読売は様々な字で書かれている。

絹のような格調《かくちょう》の高さはないけれど、子どもが書くような、わかりやすい吉の文字もまた悪くないということらしい。

返す言葉が見つからず、吉が黙っていると、光太郎が顔をあげた。

「なんで、とぉんと帖と名付けたんだ?」

「……あ、あの、とぉんとくるという……」

光太郎が、ああっと手をうった。

女が小首をかしげたとたん、男がくるりと振り向いた瞬間、心の中に恋心が「とぉん」と音をたてて落ちてくることがある。

吉が字を覚えて、菓子《かし》のことを書こうと思いたったとき、井戸端で長屋のおかみさんたちが「役者絵にとぉんとくる」と言って笑っているのを聞いて、六歳の吉は「とぉんと」はいい響《ひび》きの言葉だと思った。

吉が帳面に「とぉんと帖」と書いたとき、母はくすっと笑い、父は噴《ふ》き出して吉の頭をくしゃくしゃっとなでてくれた。

「なるほどなぁ」

光太郎はとぉんと帖を吉に戻すと、笑みを消した。

「さて、おめえには菓子の読物を書いてもらう」

「へぇ」

いよいよ仕事がはじまると、吉の胸が高鳴る。

「人が生唾《なまつば》を飲み込みたくなるようなものを書いとくれ。読み終わったら、巾《きん》着《ちゃく》をひっつかんで、走ってその菓子を買いに行きたくなる、そういうものをな」

それから光太郎は立ち上がり、そのまま階段を下りて行こうとした。次の言葉を待っていた吉の腰《こし》が浮いた。

「えっ、あの……」

光太郎がふりむいた。

「なんだね」

「……どの菓子のことをどのくらい書けばいいんでしょうか」

ぎょろりと、光太郎の目が光る。

「それを考えるのも、おめえの仕事だ」

「……へっ⁉」

「そうさな、読物は、二日後までに仕上げてもらおうか」

「二日後?……今日、明日、明後日《あさって》、それだけの間に⁉」

「ああ。明後日が締《し》め切りだ。はじめてだからな」

不安げな表情で指を折った吉に、光太郎は慣れれば、その日のうちに文章をまとめてもらうことになると言った。絹たちはみんなそうしているという。

光太郎が出ていくと、吉ひとりが残された。

「あたしが何を書くか、決める?　え、でもどうやって……どうしよう……」

途方に暮れるとはこのことである。

今まで、とぉんと帖に書いたのは、松緑苑で味見をした菓子のことばかりだ。ときには他の店で話題になったものを書いたこともあったけれど、それもたいていは、吉が選んだものではなく、民が買ってきてくれたものだった。

自分で選んで書くということを、吉はしたことがない。

どの菓子をとりあげるかまで、自分が決めなくてはならないとは、考えもしなかった。

「どんなふうにおいしいのかを書くだけでいいと思っていたのに……」

吉はため息をついて、窓辺《まどべ》に行き、下を眺《なが》めた。

読売売りの男たちの声が響き渡っている。

「精力絶倫《ぜつりん》、将軍様にまた子どもが生まれたぜ。ひいふうみいよう……両手両足の指をつかっても数えきれるどころじゃねぇや。五二人目のお子様の誕生だ。日《にっ》光街道《こうかいどう》、日本橋から日光まで二一次、奥州《おうしゅう》街道、日本橋から陸奥《むつ》・白河《しらかわ》までの二七次。東海道は日本橋から京都《きょうと》三条大橋《さんじょうおおはし》まで五三次。生まれたお子様をひとりずつ東海道の宿に立たせたらどうなるか。京都三条大橋まであと三里の五二次の大津《おおつ》宿まで、ずらりと並ぶ寸法《すんぽう》でぇ。てえしたもんじゃねぇか」

取り巻いた人々がどっと笑う。読売売りは芝居《しばい》がかった口調で続ける。

「終点の京都三条大橋が目と鼻の先だ。あとひとりで、東海道を股《また》にかけちまう。……だがな、子どもはずっと子どものままじゃいてくれねぇ。大人《おとな》になれば、輿入れが待っている。男子は養子先を見つけにゃなんねぇ。将軍家の種《たね》を押し付けられる大名家も楽じゃねぇよ。さあ、買った買った！」

読売売りに向かって人々がわっと手をさしだした。少し離れた店の軒先《のきさき》に、光太郎がたたずみ、その風景を、腕組みしながらじっと見ていた。

もう一度、長いため息が吉の口から漏《も》れ出た。

いったい、どんなものをどう取り上げればいいのだろう。

そのとき、絹が読売売りの脇《わき》をすたすたとすり抜けて、風香堂に入ってくるのが見えた。今日も艶《あで》やかな髪を少々高めのつぶし島田《しまだ》に結《ゆ》い、薄紫《うすむらさき》の鮫小紋《さめこもん》に白地の帯《おび》を締めている。

こんなところでぼーっとしていたら、また何か嫌味《いやみ》なことをいわれそうだと、吉はあわてて文机《ふづくえ》の前に座った。

絹は姿を現わしたとたん、むっと目をつりあげた。

「それ、私の文机ですけど」

「……す、すみません」

あわてて奥の文机に移動した吉に、絹は「おはようございます」もいわなければ、「今日はいい天気ですね」の挨拶《あいさつ》もない。機を逸《いっ》してしまい、吉の口からも言葉がでない。

風呂敷から、硯《すずり》を取り出した絹は、黙《だま》って墨《すみ》をすりはじめた。それから、墨壺《つぼ》と筆筒《ふでづつ》が一緒になったひしゃく型の矢立《やたて》をとりだし、墨壺のもぐさに、墨をしみこませる。持ち歩き用の筆と墨を、おもしろくもなさそうな顔で準備していた。

その後ろ姿を見ながら、吉は首をすくめた。

いくらなんでも、この態度はないと思う。

松緑苑では、新しく入ってきた女中には最初の日に先輩の女中が、懇切丁寧《こんせつていねい》に仕事の説明をするうえ、おりおり気がついたことも教えることになっていた。

同じ女同士、少しは気遣ってくれたってよさそうなのに、絹にそんな気はさらさらないどころか、吉を目に入らない塵芥《ちりあくた》のように無視している。

金具が緩《ゆる》んでいるのか、吉の文机の足がガタガタいっていた。

「おひまそうで、結構ね」

絹が発したたったひとことで、吉ははっとした。

絹のことなど気にしている場合ではなかった。

締め切りは二日後。今日と明日と明後日しかない。

どんな菓子をとりあげればいいんだろう。吉はまた頭を抱えた。

「お絹、読売、売れてるぞ。真二郎の絵も、えれぇ評判だ。下の清一郎の、苦虫《にがむし》をかみつぶしたみてぇな悔しそうな顔といったら……今日も気持ちがいいじゃねえか」

光太郎が階段を上がってきた。大きな顔をほころばせ、ぐふぐふと含み笑いをしている。絹はまんざらでもない表情でうなずいた。

「『御守殿が出来て町屋も片はずし』という落首を太文字にしたのがよかった。

オットセイ将軍のために、下々の者が引っ越しさせられるというオチが際立ったからな。読売を読んだ棒手振《ぼてふ》りが、『ふざけやがって。てえげえにしやがれ』と息巻いてやがったぜ。息巻いてどうにかなるってもんじゃやねえが」

光太郎は上機嫌《じょうきげん》だ。

「で、お絹、今日はどうする？」

「本日は、田原町《たわらおもと》の万年青の品評会に行ってまいります。なんでも小《こ》万年青がたくさん出品されるとのことですから。真二郎さんに同行していただこうと思いますが」

「小万年青か」

「逸品《いっぴん》も出品されるという噂《うわさ》です」

万年青はその名の通り、一年中緑の葉を保っている植物だ。

葉はしっかり肉厚で、多くのものはのびやかな長楕円《だえん》形の葉型をしている。多くのものはというのは、そうではないものが近頃、次々に生み出されているからだ。愛好家が掛け合わせた葉型のおもしろいものや斑《まだら》が入ったもの、縁《ふち》取りがあるものなど、変化のあるものが珍重されている。

中でも小万年青と呼ばれる小型品は人気で、美しい鉢《はち》との粋《いき》な組み合わせも注目されていた。手塩にかけて育てた変わり種を凝《こ》った鉢に植えて持ち寄り、その美しさを競い合うのが品評会で、そこで高い評価を得れば、一〇〇両を超える値段がつけられることも珍しくない。

「なぁる……おめぇ、どこでそれを耳にした？」

「お旗本の笹岡《ささおか》様です。笹岡様も出品なさるそうで、昨日、書を教えに伺《うかが》ったところ、奥はその準備に追われていらっしゃいました……。やはりお旗本の藤枝《ふじえだ》様もご参加なさるそうです」

笹岡家、藤枝家とも三〇〇〇石以上の大身《たいしん》だ。

「一攫《いっかく》千金を狙《ねら》って、万年青にどっぷりか。もちろん次男坊たちだな」

「ええ。どちらのご次男もまだ養子の口もなく、他にやることもなさそうですし。武家も長男以外は、身過ぎ世過ぎが大変なご様子で」

絹がそういって目の縁を細めて、くすっと笑った。

「まだまだ小万年青の流行は続きそうだ。よし、真さんが来たらそっちに向かわせる」

「いらしていないんですか、まだ」

絹が眉《まゆ》をひそめる。

「今日は昼まで道場でやっとうの稽古《けいこ》だとよ。今度、道場で対抗試合があるらしい。あれでなかなかやるらしいぜ」

「真二郎さまも、次男でいらっしゃいましたわね」

「次男上等。だから、読売の絵描きをやってもらえらぁ」

矢立の入った風呂敷を抱えた絹は去り際、白い目で吉をちらりと一瞥《いちべつ》し、「ごめんあそばせ」といって、通り過ぎた。

吉は胸がふさがるような気持ちになった。

絹は、書きたいと思うことをちゃんと見つけている。それにくらべ、もう逃げないなどと息巻いた自分の頭の中はからっぽだ。絹のつぶし島田の頭の中に、他にどんなものが入っているのだろう。

てっきり浪人だと思っていた真二郎が、光太郎と絹の話から、役職を持つ武家の次男だということもわかった。道場で剣の腕を磨《みが》き、読売の絵描きをし……真二郎もまたやるべきことを持っている。

またため息をつきかけた吉に、光太郎が顎《あご》をしゃくった。

「お吉、おめえも外に出かけてこい。町を歩くんだ。机の前でうなっていたって、ろくな考えは浮かんじゃこねぇぞ。でえいち、そんなガラじゃねぇだろ。町の人を見ろ。人の話にも耳を澄《す》ませろ。さぁ、行った行った」

光太郎に、追い出されるようにして、吉は外に出た。

青空が広がり、日差しが強い。日本橋川から吹いてくる風が心地よかった。

川岸の青々とした柳《やなぎ》が、風に揺れている。川にはいつも通り、ぶつからないのが不思議なほど、無数の小舟が行きかっていた。

通りも人でごった返している。尻《しり》っぱしょりをした小僧が走り、野菜や魚をたくさん抱えた棒手振りが商いの声を上げる。日差しにあぶられ、鼻の頭や額に汗の玉を浮かべたお使いの女中や習い事帰りらしい娘たちもいた。

この人たちは、どんな菓子を食べたいと思うのだろう。考えながら吉は歩いた。

冷《ひ》や水売りが、「氷水《こおりみず》あがらんか、ひゃっこい。汲みたてだぜ、ひゃっこい、ひゃっこい」と歌うように叫びながら通り過ぎていく。

「もう冷や水売りが出てる……この陽気だもの、お菓子もやっぱり、冷たくて、喉《のど》越しのいいものかしら。だとすると、水羊羹《みずようかん》かな…… いや、白玉《しらたま》、錦玉《きんぎょく》、葛《くず》桜《ざくら》、淡雪羹《あわゆきかん》……」

だが、水羊羹ひとつとっても、この江戸に何百種類も売られている。その中から、どの水羊羹を選べばいいのか。

いつしか吉は雲をつかもうとしているような、うすら寒い気持ちになってきた。

そのとき「お吉ちゃん！」と声をかけられた。振り返ると、同じ長屋に住む咲《さき》が手に小さな鍋《なべ》をもって、立っていた。

「お咲さん」

「天の助けとはこのことだ。お吉ちゃん！　このあたりで、甘酒《あまざけ》売りを見かけなかった？」

「甘酒売り？」

「うちのばあちゃんが甘酒を飲みたいって」

咲は、研《と》屋《ぎ》の鉄造《てつぞう》の女房で、昨年古希《こき》を迎えた姑《しゅうとめ》の里《さと》と三人暮らしだ。子どもたちはとっくに所帯《しょたい》を持って家を出ている。

姑の里と嫁の咲は裁縫《さいほう》が得意で、ふたりで日がな一日仕立物《したてもの》をするほど、仲がいい。吉と妹弟の、つぎあてなども、ふたりがずっとかってでてくれていた。だが、里はついひと月前に転《ころ》んで、足をいためた。

「ばあちゃんは、このところ食欲もおちて、横になってばかり。あたいは、もう先が長くないなんて、弱気になっちまっていただろ。でも、あの甘酒売りの呼び声を聞いたとたん、床《とこ》から体を起こして、甘酒が飲みたいっていったんだよ。あたし、嬉しくって、鍋をひっつかんで追いかけてきたのに」

「あの甘酒売りって!?」

「白地に緑《みどり》の唐草《からくさ》模様の半纏《はんてん》を着ている甘酒売りよ、このへんにいると思うんだけど」

咲はつま先立ちになって、あたりを見渡した。困っている咲を放《ほう》っておくことは吉にはできなかった。

「一緒に探すわ」

「恩《おん》にきるよ」

甘酒売りは、天秤棒《てんびんぼう》の前に茶碗《ちゃわん》やお盆《ぼん》を、後ろの箱には甘酒を温める炭火を熾《おこ》した炉《ろ》に釜《かま》を据《す》えて売り歩く。

その呼び声を聞いて、咲は長屋を飛び出してきた。重い荷物を持ち歩いている甘酒売りは、それほど遠くには行っていないはずだった。

通りを歩く人に甘酒売りを見ていないかと訊《き》き歩き、江戸橋の近くまで行ったとき、ついに「えぇー甘酒ぇー、甘酒ぇー」という声が聞こえた。

「あっちだ」

声を頼りに、血相《けっそう》を変えて走ってくる咲と吉を、甘酒売りはぽかんとして見つめた。

「いってぇぜんてえ、どうしたっていうんでぇ」

「あ、あんたの甘酒が……ああ、苦しい」

咲は胸を押さえ、二つ折れになった。すっかり息があがっている。その背中をさすりながら、吉はいった。

「坂本町の長助長屋に住むお里ばあさんが、あんたの甘酒が飲みたいって、それで探しまわってたの」

「おうおう、嬉しいじゃねぇか。そうまでして買いに来てくれるなんてよぉ」

相好《そうごう》を崩《くず》した甘酒屋に、咲はぜいぜいいいながら、鍋を手渡した。

「ばあちゃんがあんたの甘酒じゃないとダメだっていうから。追いかけてきたんだ。家で温めるから、冷たい奴をそのまま、この鍋にたっぷり入れとくれ」

「そりゃ、手間をかけちまったな。……ばあちゃんは味がわかるんだな。おいらの甘酒は他とはちぃとばかし違うってよ。おう、気に入った。おまけしとくぜ」

甘酒を入れた鍋を抱えるようにして、咲は急ぎ足で帰って行く。

吉はその後ろ姿を見送ると、甘酒屋にいった。

「あたしにもいっぱい、おくれ。あっついのを」

「へい……お待ち」

湯気をあげている甘酒を口に含むと、熱さと甘味が口いっぱいに広がった。

「うめえだろ。暑いときにゃ、これに限るぜ」

吉がうなずく。

「甘味が強くて深くて。まるで砂糖がどっさり入っているみたい」

「米と麴《こうじ》だけさね。だが米が違う。餅《もち》米を使ってるんだ。餅米のほうが、甘味が濃くなるんだよ」

「へぇ……いいこと、教えてもらっちゃった」

飲み終わった湯呑《ゆのみ》をうけとった甘酒売りは中腰になり、「どっこいしょ」と天秤棒をかつぎあげる。

「長助長屋のそのばあさんにも、よろしくいっとくれ」

「こっちをまわるときには、長屋に顔を出して。坂本町よ」

「合点承知《がってんしょうち》の助《すけ》。ときどき寄らせてもらうぜ」

甘酒売りは天秤棒をかついで、また町を練《ね》り歩き始める。

熱々の甘酒が夏の江戸の風物詩《ふうぶつし》なのである。

吉はますますわからなくなった。

食べたいものは人さまざま。夏だから冷たいものがいいとも限らない。

年寄りと子どもでも違うし、年がら年中腹をすかしている貧乏人と、御馳走《ごちそう》を食べなれている金持ちでも違うだろう。


風香堂に戻ると、一階の清一郎から声がかかった。

「お吉さんといったね。今日、女中が風邪《かぜ》をひいちまって休みで、掃除《そうじ》がまだなんだ。店の前をはいて、それから板の間の雑巾《ぞうきん》がけをしてくれねぇか」

「えっ」

「箒《ほうき》と雑巾は奥においてある」

男たちの目が意地悪く笑っている。

「ぼぉっとつったってねぇで、さっさとやっとくれ」

清一郎は重ねて言う。

吉は一瞬、たちすくんだ。

掃除がいやなわけではない。松緑苑でも、毎日、掃除はやっていた。店をきれいにするのは気持ちがよかった。でもこの掃除は違う。女は書き手になんかさせない。女中仕事だけをやっていればいいんだという清一郎たちの仕打ちのように思える。でも、吉には無下《むげ》にはねつけることはできなかった。清一郎は、風香堂のもうひとりの主人である。

吉はたすきをかけて、箒をとった。箒目がつくほどきれいに外をはいた。それから唇《くちびる》を一文字にして、雑巾をきっと絞《しぼ》り、きゅっきゅっと音がするほど板の間を拭いた。

掃除を終えて、階段をのぼろうとした吉に、清一郎の声がまた飛んできた。

「これからは毎日、掃除を頼むとするか。おめえ、掃除の手際《てぎわ》はぴかいちだ。背が高《たけ》ぇから、踏み台なしでも、鴨居から天井までひょいひょいときれいにできそうだしな」

男たちがどっと笑い、吉は思わず身をすくめた。

だがとっさに、絹だったら、どういうだろうかと思った。絶対に「へえ」とうなずきはしないだろう。

唇をかみながら、なんと返事すればいいのか、吉は目まぐるしく頭を回転させた。

「あ、あの。……時間があれば、もちろん、お手伝いはさせていただきます。でも、二階の旦那《だんな》さまにいわれていることをまずやりませんと。……ですから……申し訳ありません。お約束はしかねます」

何とかいい終えて、吉はトントンと足音をたてて階段を駆け上る。

「なんていいぐさでぇ」

「女のくせにえらっそうに」

「そのうち音《ね》をあげるだろうさ」

男たちの声が吉の背中を追いかけてくる。

階段を上りきると、吉は胸をおさえた。心の臓がどくどくと音をたてている。あんなふうに、大の男にものをいうなんて、はじめてだった。

上にはひとり、絹がいて、筆を握《にぎ》っていた。絹が顔をあげて、きっと吉をにらむ。

「いわれるままに、下の掃除をしたんですね」

「……あ、あの……」

「あなたには掃除がお似合いね。ずっと女中仕事をしてきたんでしょ」

「……………」

思うように言葉が出てこず、吉はいい淀んだ。

「あなたが見下されるのはしかたのないことだけど、同じ女だってだけで、私にまで火の粉《こ》が飛んでくるのは勘弁してもらいたいの」

返す言葉が見つからない。

何も答えずにいる吉にいらついたのか、絹は次々に畳《たた》みかける。

「黙っていればいいってもんじゃないわ」

「そ、そんな」

「いい子ぶって。一階の男たちの機嫌をとって。そういう人が、私、いちばん嫌いっ。目障りです」

「ち、違います。機嫌をとるなんて気持ちは……」

「掃除をしろといわれて、すんなり雑巾がけをしたんでしょう。そんなふうにしていたら、掃除があなたの仕事になってしまいますよ」

絹は決めつけるようにいう。

「それは……。毎日やれといわれましたけど、読売の仕事をまずやって、それで時間があればって……」

「あら、読売の仕事って……ぶらぶらしているだけのように見えますけど」

「……どんな菓子について書けばいいかわからなくて……それで……」

「見切りをつけてお逃げになるなら、早いほうがいいんじゃなくって」

吉はうなだれ、畳《たたみ》の目を見つめた。だが、顔をあげた。

「……お絹さんのいう通り、あたし、まだ何にもやっていませんけど……大好きなお菓子のことを書きたいんです」

「口でいうだけなら、誰にでもできますわ」

ふっと絹は鼻で笑う。吉は唇をかんだ。

「とにかく、今、やめるなんてできません」

やがて静かに吉は言い返した。

自分でも意外だった。今までの吉だったら、絹のようないい方をされたときには黙り込み、この部屋を飛び出していたかもしれない。

でも、もう逃げないと決めた。

女は菓子職人になれないといわれ、その道はあきらめた。けれどここで踏ん張れば、読売で菓子のおいしさ、楽しさを人々に伝えることができる。

この世の中、修業して、努力を重ねれば報《むく》われるというものでもないことは、菓子作りの職人を見てわかっている。だが、精進《しょうじん》しなければ何事も始まらない。

心がけ次第で道が開くなら、この手でその扉《とびら》をあけてみたい。そして菓子職人のように、あったかい心をこめて、仕事をしていきたい。

ここでへこたれるわけにはいかないのだ。

「でも書くことが思いつかないなんて、ねぇ。……もしかして、あなた、人からいわれたことしか、これまでやってこなかったんじゃない」

吉の胸の内を見透《みす》かしたように、絹はズバリいい当てた。

「楽な生き方なさってきたのね。私はそんなふうには生きたくはないけど。……あなたと同じような人が何人、いたかしら。……これまでだって、あっという間にやめていった女の人が幾人《いくにん》もいたのよ。読売が書けずにクビになった人も」

表情を変えることなく絹はいう。

吉は目を瞠《みは》った。書き手になろうとしてあきらめた女の人や、ここから逃げた人がいたとは思いもつかなかった。このまま何も思いつかなければ、吉も早晩《そうばん》、そうなってしまうだろう。その前に、クビを切られてしまうかもしれない。

光太郎が帰ってきたのはそのときだ。文机の前に座っている吉を見て、眉をあげた。

「何かつかんだか」

「いえまだ……」

「ふうん。何か思いつくまで、帰ってこねぇでいいぜ」

そのとき絹がふっと笑ったのを、吉は見逃さなかった。嘲笑《ちょうしょう》まではいかないが、軽い侮《あなど》りがこめられていた。

吉は、昼は町を歩き回り、夜、家に帰ると、とぉんと帖を読み続けた。


翌日の光太郎の読売は、小万年青と両国広小路小町《りょうごくひろこうじこまち》三人娘だった。

瓜ざね顔でひな人形のような顔をした水茶屋《みずぢゃや》の娘・お京《きょう》、顔の輪郭《りんかく》も目も口も丸く小さい幼《おさな》顔の小間物屋の看板娘・お八重《やえ》、豊かな髪を艶やかに結い上げ、目の縁や口元に色っぽさをたたえる芸者のお条《くめ》。その三人の似顔絵と、愛用の着物や帯、髪型の特徴や髪飾りへのこだわりなどが描かれている。読物には、どこが認められて三人娘に選ばれたのかということもまた細かくつづられていた。

もちろん絹の文章である。読売売りたちは内藤新宿《ないとうしんじゆく》、品川《しながわ》、千住《せんじゆ》、板橋《いたばし》宿までも足を延ばし売り歩いているという。

将軍の息子の誕生、小万年青、小町三人娘……自在にさまざまな題材を料理する発想の豊かさには、吉は舌をまくしかない。

一方、清一郎の読売は、同じ両国で行なわれた回向院《えこういん》の勧進相撲《かんじんずもう》を扱っていた。加賀《かが》出身の大関《おおぜき》・高砂《たかさご》が全勝優勝、因州《いんしゅう》出身の大関・稲妻《いなずま》が八勝二敗で二位。それぞれの取り組みの様子、得意技、贔屓《ひいき》筋の話などがまとめられている。

「わざわざ小町三人娘を見に行く、物見高い見物人で、両国広小路がごった返しているらしいぜ。話を聞かせてくれた男も、小町を見に両国広小路に行ってきたひとりだったってんだから、笑っちまう」

光太郎は、読売りに群《むら》がる人を上から眺めながら、ほくそ笑む。

絹は書の仕事で不在なので、二階にいるのは光太郎と吉だけだ。

「今日は外にいかねぇのか。明日が締め切りだ。時間は待っちゃあくれねぇぜ」

後ろめたい気持ちでいる吉に、光太郎の言葉が追い打ちをかける。

昨日は、日がな一日、町を歩いて過ごしてしまった。あと、今日と明日しかない。

困ったような顔になった吉をじろりと見て、光太郎は出て行った。

今日も、町には日差しが降《ふ》り注いでいる。

焦《あせ》る気持ちに吉はおしつぶされそうだった。

尻込みしたくなる気持ちを押しころし、吉は読売を手に取った。

町を歩き、わかったのは、好きな菓子は人さまざまで、江戸にはあらゆる菓子があるということだった。

今日、吉は腰を据えて、読売を読もうと思っていた。

書くのは、読売に。

それなのに、読売のことをよく知らずにいるということに、ここにいたって気がついた。

吉は、絹が書いた読売を何度も読み返した。光太郎が持ってきた本日の清一郎の読売も食い入るように読んだ。部屋に積み上げられていた読売も手に取った。

だが、二階にある読売は数が限られている。

「下にはこれまでの読売がもっといっぱい、あるはず……」

清一郎をはじめとする一階の男たちの顔を思い浮かべると身がすくみそうになるが、階段の上からそっと窺《うかが》うと、珍しくしーんとして、物音がしない。

腹をくくって、一階に下りた。みな、聞き取りに出払っているのか、そこにいるのは真二郎だけだった。真二郎は大きな体を二つ折にして筆を握り、一心に絵を描いていた。

「なにか」

気配《けはい》に気づいた真二郎が顔をあげ、吉を見てそっけなくいう。

とびぬけて美男というわけではないが、切れ長の目と口角のややあがった大きな口をしていて、すっきりとした印象の顔だちである。

「……お仕事のお邪魔《じゃま》をして申し訳ありません……」

真二郎は、迷惑そうに眉をひそめた。

「だから、何の用だって」

「へ、へぇ……これまでの読売を見せていただけないかと思って……」

「これまでの読売？」

「……あたし、読売をあまり読んだことがなくって」

真二郎は短く息をはき、筆をおいた。

「それでよく、書き手になろうだなんて思いついたもんだな」

そのつぶやきに、吉の首筋がひやっとする。

「近ごろ出したものは奥の棚に積んであるぜ……」

ぼそりといい、真二郎はまた筆をとった。

「……ありがとうございます」

「書くことが見つからねぇなら、他の仕事を探したほうがいいぞ。仕事ができねぇやつに、いつまでも給金を払うほど、光太郎さんもお人よしじゃねぇからな」

顔もあげずに続けた真二郎に、吉は軽く頭を下げ、後ろの棚に向かった。

唇をかみながら、吉は奥に進む。奥の壁一面が床から天井まで棚になっていて、三十種以上もの読売がそれぞれ束《たば》になって積み上げてあった。

真二郎は無言で筆を走らせている。束を崩さないように気を付けながら、一枚ずつとり、吉は足音を忍ばせて、二階にあがった。

文机の前に座ったとたん、吉から長いため息がもれ出た。

真二郎から絹とまったく同じようなことをいわれてしまった。

ちゃんと仕事をしなければ、おまんまの食い上げなのだ。

考えてみれば当たり前だ。長屋の住人たちはみな、毎日、額《ひたい》に汗して働き、やっとこさ、暮らしている。何の考えも浮かんでこないからと、ぼーっと一日を過ごしているなんて、穀《ごく》つぶしといわれたって文句はいえない。うじうじしている時間はもう残されてはいない。

吉は一枚一枚、読売を丹念に読み込んだ。午《うま》の刻（正午）の鐘《かね》が鳴り終わってしばらくして、吉ははっと顔をあげた。

「これなら……」

墨をすり、半紙に筆を走らせはじめた。

まもなく光太郎が戻ってきた。吉は光太郎の前に座った。

「旦那さん、あの……ちょいとよろしいでしょうか」

先ほど二階から上がってきた真二郎が、通りに面した部屋で筆を動かしている。

「何か思いついたか」

「……へえ……これを」

吉は、光太郎に一枚の紙をすっと差し出した。

そこにはずらりと人の名前が並んでいた。

曲亭馬琴《きよくていばきん》、為永春水《ためながしゆんすい》、歌川豊国《うたがわとよくに》、歌川国貞《くにさだ》、歌川広重《ひろしげ》、歌川国芳《くによし》、鶴屋南北《つるやなんぼく》、尾上菊五郎《おのえきくごろう》、市川團十郎《いちかわだんじゆうろう》、松本幸四郎《まつもとこうしろう》、岩井粂三郎《いわいくめさぶろう》、大関・高砂、大関・稲妻、両国広小路三人小町、辰巳《たつみ》芸者三人娘……。

読本《よみほん》作者から浮世絵師《うきよえし》、歌舞伎狂言《かぶききようげん》作家、歌舞伎役者、相撲取り、名だたる美人など、より取り見取り、統一感はまるでない。

光太郎は顎をつるりとなでる。

「なんでぇ、これは」

「読売でとりあげられた人たちです」

「うむ、で、それがどうした」

光太郎は、目で吉をうながす。早く話せといっている。

口調は、鷹揚《おうよう》なお大尽《だいじん》風だが、光太郎は実はとてつもなくせっかちだった。

「……この人たちに、好物のお菓子を聞いて、それを紹介してはどうかと思いまして」

たとえば、曲亭馬琴がどこそこの大福《だいふく》が好きだといえば、その大福のことを読売にのせたいと考えていると、吉は続けた。

「誰かがうめえといったからといって、心底《しんそこ》うめえ菓子かというと、そうとも限らねぇんじゃねえのか」

「へぇ、旦那さんのおっしゃる通りです。おいしいお菓子はたくさんありますし、どれをおいしいと感じるかは人さまざまです。あたしがおいしいと思っても、他の人はそれほどでもないと思うかもしれませんし……」

光太郎はうーむとうなった。

「先を聞かせろ」

「へぇ。……人は、名の知れた絵描きや歌舞伎役者、相撲取りは、おいしいものを食べつけていて、舌が肥《こ》えていると、思っているはずです。そしてその人がうまいと太鼓判を押した菓子なら、それを一度、食べてみたいって思うんじゃないでしょうか」

「……うむ」

「それから評判の小町や、役者絵に描かれるような歌舞伎役者が、その菓子を食べている姿を思い浮かべながら、同じ菓子を食べてみたいという人もいるんじゃないかって……」

「はん？」

「あの役者もこのお菓子を食べてるんだなぁって思って食べたら、胸がきゅっとして、もっとおいしいと感じるんじゃないかって思うんです」

「その菓子を食いながら、役者と一緒にいるような気持ちになるってか？」

「へえ。そして、そこにお菓子の由来《ゆらい》やうんちくも書いてあったら、その読売を買って、読んでみたいって思うんじゃないかって」

「なるほど。……だとすると、おめぇの役目は、ここに名前を連《つら》ねた人物に、好きな菓子を聞いてまわるってことになるな」

光太郎の大きな目がしゅっと細くなる。吉は息を呑んで、その顔を見つめた。これがだめだといわれたら、真二郎がいうように、ほんとに他の仕事を探さなくてはならないかもしれない。首をもたげてくる不安を押し込んで、吉は光太郎の視線を受け止めた。

光太郎はぱしっと膝《ひざ》を叩《たた》いた。

「よし、やってみろ」

「へぇ⁉　……あ、ありがとうございます」

次の瞬間、ほっと、吉の肩から力が抜け、くりくりと目が輝いた。しかし、それもつかのま、吉の眉が下がった。

「なんでぇ、不景気なつらしやがって。おれがこれでいけといってんのに」

「……こういう人に、どうすれば会えるんでしょうか……」

考えてみたら、吉はこの中の誰ひとりとして知らない。話をしたことなどあるわけもない。江戸という町に輝く、綺羅星《きらぼし》ばかりなのだ。

「馬鹿野郎、そんな弱気でどうする。歌舞伎役者は芝居小屋に行きゃあいい。絵描きや読本作家の居場所は版元《はんもと》が知ってらぁ」

「……会ってもらえるんでしょうか、あたしなんかに」

「じれってぇ女だな。風香堂の読売といったら、てぇげぇ力になってくれるだろうよ。……まあ、気難しいやつらもいるから、一筋縄《ひとすじなわ》ではいかんかもしれねぇが。で、お吉、誰から、始める気だ」

吉は膝の上においた自分の手をじっと見つめた。いおうかいうまいか、迷った。だが一瞬だけだった。鼻からふっと息をはき、顔をあげる。

「やっぱり、歌舞伎役者がいいと思うんです。なんてったって、江戸随一《ずいいち》の人気者ですから」

「真さん」

光太郎が声をかけると、真二郎が顔をあげた。

「聞いてただろう。お吉を助けてやってくれ」

「……おれがですか」

「お吉が歌舞伎役者に話を聞きてぇそうだ」

「……はぁ」

そろりと吉が顔色をうかがうと、真二郎はむっとした顔で、まばたきを繰り返している。光太郎は立ち上がると、「これから寄り合いがあるので、出かける」

と出て行ってしまった。

もう頼りにできるのは真二郎しかいない。

「……またお世話になります。どうぞよろしくお願いいたします」

吉は手をついた。まだ真二郎は、まばたきをやめない。

「歌舞伎役者とは……またよりによってやっかいな……で、歌舞伎役者のいったい、誰に話を聞こうってんですか？」

「誰って……有名な人気がある……」

吉がいったとたん、真二郎のまばたきが止まった。眉をひそめたまま吉をじっと見つめる。まるで吉の中身を透かして見ているような目つきだった。

「……歌舞伎のことも、よく知らねぇなんてこたぁ……」

吉は勇んで答えた。

「大丈夫です。知っています。……二度ほど、歌舞伎見物をしたこともありますし」

とたんに、真二郎は自分の額を右手でぴしゃりと叩いた。

「二度！」

「へぇ。松緑苑のおかみさんのお供で『仮名手本忠臣蔵《かなでほんちゅうしんぐら》』の大序《だいじょ》を観ました。

四代目坂東三津五郎《ばんどうみつごろう》の高師直《こうのもろなお》、三代目岩井粂三郎のかほよ御前《ごぜん》で、素晴らしくきれいでした。それから助六桜二重帯《すけろくさくらのふたえおび》を河原崎《かわらさき》座で。五代目松本幸四郎が助六でした。いなせで動きが大きくて」

吉は勢い込んでいった。

「それだけ」

「それだけって……」

吉の口がぽかっとあき、次に顔がかーっと赤くなった。

金持ちだろうが貧乏だろうが、毎回の興行を楽しみに通っている歌舞伎好きがいることは吉だって知っている。

でも、幼いころから、妹弟を育てていた吉には、歌舞伎見物は手の届かない贅沢《ぜいたく》だった。そんな暇《ひま》もなければ、お金もなかった。それでも二度も歌舞伎に連れて行ってもらったことが、吉の自慢だった。だが、真二郎の表情を見て自分の了見《りようけん》違いに気がついた。

「だめなんですね、二度ばっかしじゃ……」

「……話になんねぇな」

真二郎はあぐらをかき、頭の後ろに手をやった。吉は自分の膝をぎゅっとつかんだ。

「……どうしよう」

「歌舞伎役者はあきらめたらどうだ。相手のことを知らねぇで、好きな菓子なんて、暮らし向きのことを聞き取ろうなんざ、ずうずうしすぎる」

「……でも……最初が肝心ですから。菓子の売り出しだって、初日に華《はな》やかに盛りあげるほど、新しい菓子にお客さんがつくんです。読売だって同じですよね。だったら、歌舞伎役者がいちばんって……」

すがるような目つきになった吉に、うんざりしたように真二郎がいう。

「歌舞伎役者は確かに江戸随一の人気者だ。歌舞伎好きの中には、三日と空けず、芝居小屋に通う輩《やから》だって、うようよいやがる。毎日、足を運ぶお大尽《だいじん》だっている」

「……毎日……」

「そういう歌舞伎好きが、歌舞伎役者のまわりをぐるっととり巻いてるんだ。だから、歌舞伎役者は、おのずと、誰もが自分のことをよぉく知っていると思い込んでいる。……聞き取りにきたやつが、自分の芝居を全く見ていねぇなんてわかったら、ぷいと横を向いたきり、ひとことだってしゃべっちゃくれねぇや。だいたい菓子のことなんて、向こうにとってはどうでもいい話だしな……」

真二郎のいわんとしていることはよくわかった。

松緑苑のお客さんも、名前を憶《おぼ》えて、名前で呼ぶと、喜んでくれた。だから常連さんの顔も、好きな菓子も吉は憶えようとした。家族構成、その家族の好きな菓子も頭に叩き込んだ。

だが、歌舞伎を観ていないものはどうしようもない。

吉はうなだれたまま膝の上においた手を見つめた。

清一郎が大手を振って階段をあがってきたのはそのときだった。光太郎が出かけたのを知っているらしい。

「真さん、明日の朝、中村座《なかむら》に行ってくんねぇか。来月から鶴屋南北の新作『東海道四谷怪談《よつやかいだん》』をやるそうだ」

「新作の怪談……世話物《せわもの》ですか」

歌舞伎は大きく分けて、時代物《じだいもの》、世話物、所作物《しょさもの》の三つがある。

時代物は江戸のこのときより古い時代の武士の話や平安時代の王朝ものを描いた作品であり、一方、世話物は人々の暮らしに密着した作品。そして所作物は、踊《おど》り中心の作品をさす。怪談は世話物だった。

「ああ。出演は、尾上菊五郎、市川團十郎、松本幸四郎、岩井粂三郎。中村座も相当気合を入れている」

「そりゃまた豪華な面々だ」

「尾上菊五郎と市川團十郎がこの新作について話をしてくれるっていうんだ。あいにくこっちは、明日はみんな手いっぱいだ、真さんに話と絵を頼みてぇ」

吉の頭はめまぐるしく回転しはじめた。

尾上菊五郎と市川團十郎の名前は、吉だってよく知っている。

五代目松本幸四郎、三代目坂東三津五郎、五代目岩井半四郎《はんしろう》、三代目中村歌《うた》右衛門《えもん》とともに江戸の女たちの心をわしづかみにしている歌舞伎の人気者だ。

真二郎の聞き取りに同席させてもらえれば、吉が菓子のことを聞くことができるかもしれない。みすみすこの機会を逃すわけにはいかない。

吉は身を乗り出した。

真二郎は清一郎にあいまいにうなずき、そんな吉に冷たい目を向ける。清一郎の眉があがった。

「……何か取り込んでいるのか」

「はあ……実は光太郎さんから、面倒をみてくれと頼まれちまいまして」

「この女を⁉」

清一郎は顎に手をやり、首をすくめている吉を見て、軽く舌《した》打ちをした。

「んなことまで、真さんに。……そんな女、放り出しちまいな」

「……いいんですか。またやっかいなことになるんじゃないですか」

渋い顔で真二郎がいうと、清一郎は眉間《みけん》にしわを刻《きざ》んだ。

「……ちげぇねぇ。おれがそういったとなると、狸《たぬき》親父はつっかかってくるな……」

清一郎はかぁ〜っと息をはきながら頭をかき、しぶしぶといった表情で、邪魔くさいだろうが、吉も連れて行っていいと、真二郎に言った。

「真さんが聞き取りしている間、外で待たせていればいい……ったくてめえが、自分で隠居《いんきょ》するといったくせに。おれが仏心《ほとけごころ》をだして、ちぃっとばかし孝行息《こうこう》子のまねごとをしたら、根にもちやがって、いつまでも目を吊《つ》り上げやがって。どこまで根性がまがってやがんだよ」

「はぁ……」

真二郎は気のない返事をしたが、清一郎はかまわずに続ける。

「『隠居じじいは、箱根にでもいってゆっくりしてきやがれ』っていったら、『隠居じいとは誰のことだっ』って目を吊り上げて、湯呑の茶をおれにひっかけやがった。……じじいにじじいといって何が悪いってんだ。次の日から店のこの二階に陣取りやがって。あろうことか、女のための読売を作るって宣言しやがって、このざまだ……真さんにはおれと親父の間で迷惑をかけちまって、気の毒してるとは思ってるんだ。絹っていう、あの権高《けんだか》な女のお守りもさせられ、それに加えて、連れ歩いても、おもしろくなさそうなこんなでっけえ女まで押し付けられて。……おめえ、真さんの仕事の邪魔をしたら承知しねぇからな」

いきなり、清一郎は吉にすごんだ。

「へ、へぇ」

吉は頭を下げ、それからあおぐように真二郎を見た。

清一郎が姿を消すと、真二郎は鼻の頭をかき、吉を冷たく見下ろした。

「明日、おれの聞き取りのついでに、さくっと菓子の話を聞こうという魂胆《こんたん》か」

まるで吉の胸の内をのぞき込んだように清一郎はいった。吉はうなずいた。

「……無謀《むぼう》なことだとはわかっています。でも千載一遇《せんざいいちぐう》のこの機会を逃すわけにはいきません。旦那さんは明日までに書くようにとおっしゃっていて、なんとかしませんと。どうぞお願いいたします」

吉は体を折り畳み、必死で頼み込んだ。

「あんまし虫が良すぎるんじゃないか」

「で、でも……」

「おまえがとんちんかんな話をしたら、連れて行ったおれまで、鼻折れになっちまう。……明朝まで、菊五郎と團十郎がどんな役者か、どんな人物なのか。虚仮《こけ》の一心で調べられるだけ調べろ。話はそれからだ。ぼやぼやしている暇はねぇぞ」

低い声音でいって、早く行けというように真二郎は胸の前で手をふる。

「あ、あの……どこで誰に訊けば……」

いきなり真二郎から雷《かみなり》が落ちた。

「そんなこたぁ、自分で考えろ。歌舞伎好きが集まっているところは、決まってんだろうが」

「へ、へぇ。……行ってまいります」

あわてて矢立と帳面を風呂敷に包み、吉は風香堂を走り出た。

日本橋川の両側には白壁の土蔵が立ち並んでいる。見上げると、お城が見えた。光を受け、城の瓦《かわら》が白く輝いていた。

歌舞伎好きが集まるところ。

それは江戸三座のうち、中村座と市村座《いちむら》がある芳《よし》町の通称二丁目だろう。吉は前のめりになって歩きだした。

念入りな支度《したく》はムリでも、やるだけやらなければと思う。にわか仕込みでも、やらないよりはましだ。

芳町にさしかかると、にぎわいが増した。

芝居小屋のまわりには芝居茶屋や船宿《ふなやど》、人形操りの小屋も揃っている。通りはめかしこんで晴れがましい顔をした人々でいっぱいだ。

中村座には『義経千本桜《よしつねせんぼんざくら》』『外郎売《ういろううり》』などと瓢亭《ひょうてい》文字で書かれたのぼりが何本も翻《ひるがえ》っていた。人目をひく華やかな色合いの大きな絵看板も飾られ、前は人だかりになっている。

吉は芝居小屋近くの役者絵を売る店に入った。そして、菊五郎のものを手に取った。『仮名手本忠臣蔵』の早野勘平《はやのかんぺい》と書いてある。面長《おもなが》で中高《なかだか》で、目がぱりっと張っていて、まるで人形のような美しさだ。

「姉さん、菊五郎さんが贔屓ですかい。早野勘平といえばやっぱり菊五郎さんですよ。『車引《くるまびき》』の桜丸《さくらまる》の役者絵も評判がいいですけれど、そっちもご覧になりますかい」

店番の小僧がすかさず、よってきた。吉がうなずくと、小僧は奥に戻り、すぐ戻ってきて、その絵を手渡す。

「きれえですねぇ」

桜丸の菊五郎は鮮やかな桜柄の着物が滅法界《めっぽうかい》もなく似合っている。

「なんといっても、天下の菊五郎さんですから」

小僧は得意げにうなずく。それから、菊五郎が鏡《かがみ》を見るたびに「どうして俺はこんなにいい男なんだろう」とつぶやくという噂だと、吉にいった。

「まあ、おかしい……」

吉がくすっと笑うと、小僧は目をむいた。

「おかしかぁ、ありませんよ。姉さん、菊五郎さんはそれほどきれえなんですから。役者絵で人気の絵師である豊原国周《とよはらくにちか》さんに、『いくら骨を折って描いても実物のほうがきれいだ』と言わせたほどなんです」

だが、美貌《びぼう》の役者は他にもいるとも小僧はいう。まだ十歳をいくつか過ぎたばかりだろう。だが、門前の小僧を地で行く歌舞伎通らしかった。

菊五郎は歌舞伎の家の出ではなく、江戸小伝馬町《こでんまちょう》の建具屋《たてぐ》の生まれだが、芸が好きで、初代尾上松助《まつすけ》、今の松緑《しょうろく》の養子となり、江戸市村座『源氏再興黄金《げんじさいこうこがねの》橘《たちばな》』で初舞台を踏んだという。

出世芸は、松緑の代役としてつとめた『彩入御伽艸《いろえいりおとぎぞうし》』の小幡小平次《こはだこへいじ》。

やがて松緑譲《ゆず》りの怪談や早変わりで人気を集め、二代目尾上松助、三代目尾上梅幸《ばいこう》を襲名し、三代目尾上菊五郎になった。

「菊五郎さんは、立役《たちやく》、女形《おやま》、老役《ふけやく》、若衆方《わかしゅがた》、立敵《たてがたき》から三枚目までなんでもできる天才なんです。その上、お客を喜ばすために、とてつもねぇ創意工夫を思いつき、それをやってのけるんですから、かないません。その上、大道具や衣装方、鬘師《かつらし》を菊五郎さんほど大切にする役者もいないともいわれています。幽霊や妖怪から一転して美男美女に見事に早変わりしたりできるのも、裏方がみな、菊五郎さんが好きで、役に立ちたいと思ってるからだそうですよ」

「たいしたもんですねぇ」

「で、姉さん、早野勘平と桜丸、どっちの役者絵にしますか」

小僧が立《た》て板《いた》に水で菊五郎のことを話したのも、商売ならではのことだ。自分が松緑苑でお客に、新しい菓子のことを説明していたのと同じだと吉は思い、考えた末、『仮名手本忠臣蔵』の早野勘平の役者絵を選んだ。これだけ説明されて、手ぶらで帰るわけにはいかない。

「へい。ありがとうございます。二〇文（約四〇〇円）になります。他には、何かお入り用ですか」

恵比須《えびす》顔で、小僧はいう。

「市川團十郎さんの役者絵はありますか」

「もちろんございます。ちょっとお待ちください」

小僧はすぐに戻ってきた。真っ赤な衣装を身に着け顔に隈取《くまどり》した『暫《しばらく》』や、弁慶《べんけい》の不動《ふどう》の見得《みえ》、助六などが描いてあるものを吉に手渡す。

「菊五郎さんのものとは、まったく違いますね……」

どれにも、ぐいぐい迫《せま》ってくるような勢いがある。

「團十郎さんといえば、男の中の男。男伊達《おとこだて》でさぁ」

「こちらは、歌舞伎の家の出なんでしょう」

「さいですよ」

「じゃあ、さぞかし乳母日傘《おんばひがさ》で、芸の道を……」

吉がそういったとたん、小僧は眉を寄せ、じろりと吉をにらんだ。

「姉さん、もしかして、歌舞伎のことをあまりご存じじゃない⁉」

いきなり、ぐさっときた。一転、冷たさをおびた小僧の目にたじろぎながら、真二郎が恐れていたのは、このことだったのだと、吉は唇をかんだ。

その世界を熟知している人は、何も知らない人をすぐに見抜いてしまう。ふともらした言葉の端々《はしばし》から、自《おの》ずと、ほころびが表われてしまうのだ。

歌舞伎のことをほとんど知らず、歌舞伎役者に話を聞きにいけばどんなことになるかが、吉にはその顛末《てんまつ》が見えるような気がした。相手を不快な思いにさせ、真二郎は恥《はじ》をかき、菓子の話を聞くどころではないだろう。

そんなことになったら大変だ。赤っ恥をかきながらでも、真二郎のいう通り、今日のうちに調べられるだけ調べなければならない。

「へえ。あまりというかほとんど知らなくて……團十郎さんのことも、教えてもらえませんか」

「他にもお客さんはいるってのにしかたねぇなぁ。……團十郎さんってのはねぇ……」

小僧の不満げな声をぴんとはった男の声が遮《さえぎ》った。

「……知らざぁ、言って聞かせやしょう……」

後ろから、『白浪五人男《しらなみごにんおとこ》』の弁天小僧菊之助《べんてんこぞうきくのすけ》のセリフが朗々ときこえた。吉がふりむくと、女を何人も連れた若い男が足をぱしっと前にだして、見得をきっている。きゃぁ〜っ、と、女たちの嬌声《きようせい》が響き渡る。

「歌舞伎の追っかけをしている小網町《こあみ》の佃煮《つくだに》屋・こあみの息子さんですよ。そのまわりは、息子さんのおっかけ」

小僧が、すかさず吉の耳にささやいた。

なんといっても目をひくのは、その男の滑《なめ》らかな肌《はだ》だった。ひげはもちろん、月代《さかやき》まで毛抜きで一本一本処理しているのだろう。毛の跡がどこにも見当たらない。乱れなく整《ととの》えられた髪からはぷんと椿《つばき》油の匂いがし、眉も役者さながら、きりりと形よい。

男は、吉を見ると、にやっと笑った。

「團十郎さんのことを知りたいのかい」

「へぇ」

「おめえたちも、話を聞きてぇだろう。商売中の小僧さんに代わって、このおれが語って聞かせてやろうかねぇ」

男は女たちをぐるりと見回す。いちいち芝居がかっているのがツボなのか、そのたびに女たちはきゃぁ〜っと合いの手を入れる。男は満足げに微笑《ほほえ》むと、よしと手を打ち、おもむろに話し始めた。

「市川團十郎さんを語るには、市川家のことを語らなきゃ、なんねえ。市川家を語るには、歌舞伎のことを語らねえとな。歌舞伎のはじまりは、知っているかい？」

「出雲阿国《いずものおくに》じゃないかしらん。女だけど」

そばにいた娘がけれんみたっぷりにいう。男がうなずいた。

「当たりだ！　いいねぇ、おちずちゃん！　出雲阿国のかぶき踊りにはじまり、その後、京で野郎《やろう》歌舞伎が生まれた。それを初代團十郎が見て、今の江戸歌舞伎を生み出した。では、市川家が得意としているのはなんだ？」

「……荒事《あらごと》？」

今度は、別の娘が答えた。男はその顔をみつめて微笑む。

「おきわちゃん、当たり！　侍や鬼神《きじん》などの荒事をやらせたら、市川家の右に出る者はいねぇ。さあ、ここからは今の七代目の話になるぜ。姉さん、耳の穴をかっぽじってよく聞いとくれよ」

男は吉ににやりと笑いかける。

今の團十郎は、母が五代目市川團十郎の娘だった縁《えん》から、生後間もなく六代目團十郎の養子となった。四歳で市川新之助《しんのすけ》の名で初舞台を踏み、二年後の六歳のときには『暫』をつとめたという。

「その後、市川ゑび蔵《ぞう》を襲名したのだが、そこからが苦労の連続だ」

熱心に話を聞く吉に気をよくしたのか、男の舌がするするとよくまわる。

九歳のときに、父の六代目團十郎が急死。わずか十歳で七代目市川團十郎を襲名した。そして六年後には頼みの綱《つな》だった祖父五代目も亡くなった。

「このとき團十郎は十六歳。若くして歌舞伎界のみなしごになっちまった。これがどういうことか、わかりますかい？」

男が吉に問いかける。吉自身も十二歳で親を失っているが、歌舞伎の御曹司《おんぞうし》とは、事情が違いすぎる。

「御曹司ですから、やはりそれなりに大事にされたんじゃ……」

男は笑みを消して、首をゆっくり横にふる。

「御曹司として、ぼっちゃん、ぼっちゃんと引き立てられていられるのは、力のある父親や祖父がいればの話でさぁ。後ろ盾《だて》がいなくなれば、ぼっちゃんからたちまちガキ扱いだ。その上、先代は血の道だけじゃねえ、芸の道の師匠でもあらぁ。十六歳にして、じぶんちの芸を教えてくれる師匠もいなくなっちまったんだよ。普通なら、歌舞伎界という大海の藻屑《もくず》になって消えちまってもおかしくねぇところだ」

それでも團十郎はつぶれなかった。海千山千《うみせんやません》の役者にもまれながら、芸を盗《ぬす》み磨き、引き立ててくれる人を実力で少しずつ増やし、「歌舞伎に團十郎在《あ》り」といわれる押しも押されもせぬ人気役者になったという。

「どんだけ精進したか、苦労したか……かんげえるだけでも、涙がでらぁ」

男はそういうと、また首をかっと振って、ぴたっと止め、見得を切り、「あいや、しばらく」と、團十郎の十八番《おはこ》のセリフをいうと、女たちを引き連れ、出て行った。

小僧がその背中に向かって、大声で「まいどありがとうございます」と叫ぶ。吉も小僧と並んで、深々と頭《こうべ》をたれた。

それから吉は小僧に向き直り、『暫』の鎌倉権五郎景政《かまくらごんごろうかげまさ》を演じた團十郎の役者絵を求めた。怒りを表わす紅《あか》の隈取、大きな舟形の侍烏帽子《えぼし》、ぐっと横に張った髪、大きな長素襖《ながすおう》に市川家の升《ます》の紋が入った巨大な袖《そで》……圧倒的な強さがその姿からも伝わってくる。

店を出ると、吉は隣の手拭《てぬぐ》い屋にも立ち寄った。手拭いは歌舞伎にも欠かせないもので、歌舞伎の演目で使われた柄やかぶり方が流行することも多い。ここも、歌舞伎帰りの男女でごった返していた。

菊五郎と團十郎にちなんだ手拭いはあるかと、小僧に尋ねるとすぐさま、棚からとりだして、吉の前に差し出した。

「こちらは三代目尾上菊五郎さんが考案した図案で『羽根のかむろ』の衣装に使い人気が出た手拭い、そしてこちらは七代目團十郎が愛用している判じ物《はんじもの》の手拭いでございます」

菊五郎ゆかりの手拭いは、斧《おの》の絵、琴《こと》の崩し文字、菊《きく》の花の絵が縦《たて》に並んでいるのだが、斧は「よき」と読み、斧の絵、琴の字を「こと」菊花を「きく」と読ませ、「良き事を聞く」と洒落《しゃれ》ている。一方、團十郎のものは、鎌《かま》の絵、輪《わ》の絵、そして「ぬ」という文字が連なり、「かまわぬ」と読ませる。白地に藍《あい》文字のもの、藍地に白文字のものの二種類あり、どちらも飛ぶように売れているという。

吉は手拭い屋でも小僧と、菊五郎贔屓と團十郎贔屓の客に、話を聞いた。

「菊五郎は芸風が江戸前なんだ。すっきりして気風《きっぷ》がいい。おれぁ、早野勘平の菊五郎がいっち好きだなぁ」

「豪快でいて、男らしい色気があるといったら、團十郎だぜ。あれだけの男だから、女は放っておかないのも道理だが、女房が三人に、妾《めかけ》が三人いるってんだから、さすがだぜ。四年前には、成田山《なりたさん》に、一千両の大金はたいて、額堂《がくどう》を寄進《きしん》したってのも豪快で、おらぁ、気に入っているんだ」

誰もが言葉を尽くして、ふたりをほめたたえる。とにかく歌舞伎役者としては、輝く巨星だということは間違いがない。

だが、舞台を離れた人となりは、よくわからなかった。

「ちゃんとお話が聞けますように」

その夜、吉は、神棚と両親の位牌《いはい》にいつもより長く手をあわせた。


明け六つ（午前六時）に、家を出た。

歌舞伎芝居は、夜明けの一番太鼓《だいこ》とともに入場が始まる。ちょうど今頃、芝居小屋に人々が続々と入っているはずだと思いながら、吉は日本橋を渡った。

民に連れられて歌舞伎に行ったときには、前夜のうちにこしらえたお弁当を持ち、まだ暗い道を、提灯《ちょうちん》をぶら下げて歩いた。芳町に着くと、芝居茶屋でひと休みして、民と共に、茶屋の若い衆に案内されて、桟敷席《さじき》についた。そして夢の世界に誘われたのだ。芝居の幕間《まくあい》には、弁当や菓子を食べながら、夜まで丸一日、楽しんだ。

観客が芝居小屋に入った芳町には、少しほっとしたような空気が流れていた。買い物客が来るまでにはまだ少しある。

真二郎との待ち合わせは朝五つ（午前八時）、中村座の楽屋口である。

朝早いとはいえ、お天道様《てんとう》が昇ると、空気はむっと熱を帯《お》びた。一足先に着いた吉の鼻の頭にも丸い汗の玉が浮きはじめた。

三味線《しゃみせん》や太鼓の音が芝居小屋から響いてくる。これからいよいよ、菊五郎と團十郎に会うのかと思うと、胸の鼓動が速くなった。

真二郎は時間通りにやってきた。

「おはようございます」

「ああ……少しは調べてきただろうな」

ちらりと吉を見て、早口で言った。

「へ、へえ」

「じゃ、行くぜ。いいかい。おれが聞き取りしている間は黙って座っているんだ。こっちの話が終わったら、菓子の話を切り出してやる。あとはそっちで話を進めろ」

「あ、あたしだけで？」

「あたりめえだろ。おめえの仕事だ。おれんじゃねぇや。……ふたりとも、一筋縄ではいかないかもしれねえが、踏ん張って、話をひきだすんだ」

青ざめた顔の吉に、真二郎はさらりといい、中村座の楽屋口で下男におとないを告げた。

「お待ちしていました。こちらにどうぞ」

下男に案内され、廊下を進む。狭い廊下の両脇には、芝居で使う小道具や、桜や紅葉《もみじ》の書割《かきわり》などが所狭しと並んでいる。

「菊五郎さん、團十郎さん。新作『東海道四谷怪談』のことで風香堂さんが見えました」

だらりとかかったのれんの先に向かって、下男が声をかけた。

「おう、入ってもらってくれ」

野太い声が聞こえた。

真二郎に促《うなが》され、吉ものれんをくぐる。菊五郎と團十郎は、それぞれ鏡台の前に座り、化粧《けしよう》をはじめていた。これからが出番らしい。

「ご無沙汰しております。このたびの菊五郎さんの『義経千本桜』のいがみの権《ごん》太《た》には泣かされやした。團十郎さんの『外郎売』の口上の鮮やかさと迫力にも圧倒されやした。連日満員御礼だそうで、おめでとうございます」

「そうかい。観てくれたかい。真さん。久しぶりだね。お元気そうで何よりだ」

菊五郎が振り向いて、ぴんとハリのある声でいう。博多人形のような整った顔に、刷毛《はけ》で白塗りをしていた。

「こちらの娘さんは？」

吉はあわてて手をついた。その指が震えている。

「風香堂の読売書き手見習いの吉と申します」

かろうじて声が出た。

「ほぉ〜、女の書き手とは、珍しいな」

團十郎がよく響く低い声でいう。

高く形のよい鼻、太い眉毛、大きくぎょろりとした目玉……これぞ歌舞伎役者といった派手な顔立ちの美丈夫《びじょうふ》だ。それでいてどことなく愛嬌《あいきょう》がある。

「このたび、鶴屋南北先生の新作『東海道四谷怪談』を上演なさるとのこと、お聞きしまして、飛んでまいりやした。もう本はできているんですか」

真二郎がいう。にんまりと團十郎が笑った。

「ああ。こいつぁ、当たるよ」

『東海道四谷怪談』は塩冶《えんや》家の浪人・四谷左門《よつやさもん》の娘・お岩《いわ》とお袖《そで》の姉妹をめぐる怪談劇だと團十郎は語りだした。物語は、夫・民谷伊右衛門《たみやいえもん》の極悪非道な行ないにより、恨《うら》みを残して死んだお岩は幽霊となり、復讐《ふくしゅう》を果たしていくという流れだという。また物語の背景は『仮名手本忠臣蔵』で、登場人物の多くの設定が忠臣蔵に関係しているというのも目玉だともいった。

團十郎が演じるのは、民谷伊右衛門。菊五郎が演じるのは、お岩である。

「伊右衛門は稀代《きたい》の色悪《いろあく》。お客さまが夢でうなされ、身もだえするような悪い男を演じて見せますよ」

團十郎は腕を組んだままいった。

菊五郎がぱたぱたと扇子《せんす》を使いながら、流し目をして真二郎を見つめる。

「美しかったお岩がもだえ苦しんだあげくに壮絶な姿に変わる……私は、それを演じるのが今から楽しみでたまりません。夏の暑さなど吹き飛ばしてやりますよ」

ふたり顔をみあわせ、ぞっとするような笑みをうかべた。

ひとしきり、四谷怪談の話をした後、真二郎はふたりに切り出した。

「実は、この娘がおふたりにお聞きしたいことがあるのですが、ちょいとよろしいでしょうか」

「この姉さんが私たちに？」

「何を知りたいっていうんだい」

吉の心の臓がはねあがる。矢立から筆をとりだし、帳面を広げた指先がそれとわかるほどプルプル震えている。

当代《とうだい》きっての名優の前に座っているだけで緊張していたのに、これから自分が話を聞くのだと思うと、心の臓が口から飛び出しそうだ。

「へぇ……あ、あ、あの……あの、あのあの」

声が震え、口がまわらない。

「姉さん、お茶をひと口、飲んで。気持ちを落ち着けなさいな」

菊五郎が笑いをこらえていった。

「あ、ありがとうございます。もも、申し訳ありません」

　真二郎から手渡された湯呑を、吉は口にする。それから二、三度、深呼吸し、胸をとんとんと手で叩き、口の中で南無三宝《なむさんぽう》と唱えて、切り出した。

「ぜ、ぜひ、お、おふたりのお好きな菓子を、読売でご紹介させていただきたいと思いまして」

　そのとたん、菊五郎の顔色ががらりと変わった。

「なんだって、私が食べ物の話なんかをしなければならないんだ。ましてや、それを読売に書こうだなんて、冗談じゃあない。菊五郎は舞台の上で生きている。楽屋《がくや》で、菓子を食べている姿なんて、人に見せるもんじゃぁありませんよ」

　険《けん》を含んだ目でにらみつけ、激しい口調でまくしたてる。

　吉の身がすくんだ。気圧《けお》されて黙ってしまった吉に、菊五郎はさらに追い打ちをかける。

「そんな話だったら、帰ってくんな」

　だが、はい、そうですかと帰るわけにはいかない。吉は必死に言葉を探した。

「いえ、お菓子を召《め》し上がっている姿をご紹介するのではなくて……」

「わからない人だね。口をあけている姿を人に想像されるだけでも、役者っていうのは、いやなもんなんですよ」

おずおずといった吉を、菊五郎はぴしゃりと言葉で切ってのけた。

團十郎も、腕を組んだままじっと黙っている。居心地の悪い沈黙が続いた。

そのとき下男が入ってきた。

「菊五郎さんと團十郎さんのおふたりに、越後《えちご》屋さんから差し入れが届いており
ますが」

菊五郎はぷいと横を向いたままだ。

「越後屋さんの差し入れといえば、おめえさんの好きなアレじゃないかい」

話しかけた團十郎にも、菊五郎は返事もしない。

「…………」

「持ってきておくれ。こちらにもお出しして。俺はいいから」

團十郎は真二郎と吉を指し示す。

「團十郎さん！　よけいなことをしないでおくれ」

「いいじゃあねえか。どうせ、食い切れねぇんだ」

きっとにらんだ菊五郎を團十郎はなだめるようにいった。

しばらくして、下男が持ってきたのは求肥《ぎゅうひ》を通して、青梅《あおうめ》の実がうっすらと透《す》

けて見える丸く小さな、美しい菓子だった。

「まぁ、なんてきれいな……」

思わず、吉の口からため息が漏れ出た。

「さ、食べな」

團十郎はそういってふたりに勧めるが、いくら吉が菓子好きでもこんなにも腹をたてている菊五郎の前で、食べられるものではない。吉は菊五郎を不愉快にさせた張本人なのだ。

だが、團十郎は重ねていう。

「前におかれて食べてもらえなかったら、菓子だってかわいそうだ。見物客のいねえ芝居小屋みてぇでな」

「で、でも……」

「菓子は作り立てがいちばんうめえっていうだろ。うめえうちに食べてやらねぇと、菓子にも職人にも申し訳ねえや」

「よくいうよ」

菊五郎はうんざりした顔で、團十郎をにらむ。

ほら、ともう一度團十郎が吉を促す。そこまでいわれて、食べないわけにもいかない。

「あ、ありがとうございます。お言葉に甘えて、頂戴《ちょうだい》いたします」

吉はあわてて頭を下げ、懐紙《かいし》をとり、黒文字《くろもじ》で切ってひと口、ほおばった。

青梅の実を白あんが薄く包み、さらに淡い緑に染められた求肥でくるんである。

梅の甘味、爽《さわ》やかな酸味と香りが、吉の口いっぱいに広がった。そして、求肥のもちもちと白あんのねっとりした甘味が追いかけてくる。

「ああ……おいしい」

またひと口、食べる。

「なんて、おいしい」

またひと口。

「ほんとにおいしい……」

その瞬間、ぷっと、菊五郎が噴き出した。團十郎も吉を見てくつくつと笑っている。

はっとして、吉が横を見ると、真二郎も目を丸くして、必死に笑いをこらえていた。

菊五郎は、吉の顔をのぞきこむようにじっと見た。

「ここまでうまそうに、菓子を食べる姿を、初めて見たような気がする。いや、いいものを見せてもらった。人は本当にうまいと思ったときに、こういう顔をするんだな」

恥ずかしさで吉の顔が赤く染まる。團十郎がふっと笑って、菊五郎を見た。

「これからの役作りに使えるか」

「さあな。だが、覚えておいて損《そん》はない」

「じゃぁ、教えてやりゃぁいいじゃねぇか。好きな菓子くらい」

またぷいっと菊五郎は横を向く。

「それとこれとは話が違いますよ。第一、團十郎さんは、女に甘すぎなんだ。女とみりゃ、だれかれ構《かま》わず、親切にするんだから」

そのとき、真二郎が口を開いた。

「菓子を召し上がっているような絵は決して載《の》せねぇとお約束いたします。そうだな」

吉がうなずく。

「へぇ。菓子の絵と、菓子の話でまとめます。読売に、菓子の読物を取り上げるのはじめてだそうです。ですから、その最初の読物を、当代きっての名優であるおふたりの話で飾らせていただきたいと思っております」

菊五郎が腕を組んだ。吉は菊五郎の前におかれた菓子を見つめて、続ける。

「それにしてもこの菓子の味は天下一品。その姿もほれぼれするほどきれいで、おふたりにぴったりですね」

やがて菊五郎がふっと笑った。

「……しかたねぇ。教えてやるよ。この菓子は、人形町《にんぎょう》の青林堂《せいりんどう》の『青梅《あおうめ》の滴《しずく》』だ」

「青梅の滴……」

あわてて、吉は筆を動かす。

「好物の菓子がもうひとつあっただろ。求肥で包んだ白あんを三色のそぼろの練り切りで飾った上生菓子《じょうなまがし》」

團十郎が口をはさんだ。

「ああ。芝神明《しばしんめい》の源寿庵《げんじゅあん》の『紅躑躅《べにつつじ》』か。あれも絶品だ」

「青梅の滴と紅躑躅、どちらも白あんと求肥の組み合わせなんですね」

吉が筆を動かしながらいった。

「そう簡単にいってくれるな。そんじょそこらの白あんと求肥じゃねぇ。どちらも口の中ですーっと溶けていく和三盆《わさんぼん》の品のいい甘味なんだ」

菊五郎が青梅の滴を口にふくんだ。目をつぶり、味わっている。もう一度、自分も味わっているような心持《こころもち》になって、吉の喉がごくりと鳴った。

「青梅がふっくらしてみずみずしい。これを食べると、疲れが吹き飛ぶような心持になる」

満足げに菊五郎がつぶやく。

「『紅躑躅』はどんなときに召し上がりたくなりますか」

「躑躅の咲く季節に。新茶と一緒に」

菊五郎が答えた。

「その言葉を頂戴いたします。ありがとうございました」

そういった吉の目に涙が浮かんでいた。

「いやだねぇ、菊五郎さん。姉さんを泣かしちまったじゃねぇか」

「い、いいえ。そ、そんな。これはうれし涙で……」

團十郎と菊五郎は、顔を見合わせて、ふっと笑った。

「あの、團十郎さんのお好きなお菓子も教えていただきたいのですが」

だが團十郎は、首をきっぱりと横にふった。

「俺は甘いもんは不得手《ふえて》でねぇ。とりあげるのは、菊五郎さんだけでいいよ。そのふたつを紹介すりゃいいじゃねぇか」

そういえば、團十郎の前に、菓子はおかれていない。菊五郎がふっと鼻から息をはいた。

「こういう人なんだよ。團十郎さんは。人には菓子の名前をいわせて、自分は甘いものは嫌いだなんて、いいかっこして」

「しかたねぇだろ。嫌いなんだから」

そのとき、はしっと菊五郎が膝を叩いて、顔をあげた。

「そういえば、栗《くり》羊羹は好きだったんじゃねぇか」

「ありゃ、秋のもんだ。……それに俺の好きな栗羊羹はもう手に入らねぇ。松緑苑は店を閉じちまったからな。この世にない菓子をとりあげてもせんがねえや」

吉は、えっと声を飲み込んだ。吉のいっとう大事にしている松緑苑の菓子の名前が、ここで出てくるとは思わなかった。嬉《うれ》しさが胸にこみ上げる。

「あ、あの團十郎さんは……松緑苑の栗羊羹をお好きでいらしたんですか」

「まあな」

「あの栗羊羹の練りあん、本当にきめ細やかですよね。あんこの中には、ふっくらとたきあげた小豆《あずき》と刻んだ蜜《みつ》漬けの栗がいっぱい入っていて……」

松緑苑の栗羊羹の味を思い出すと、吉の口の中が唾でいっぱいになる。

「ああ。ふっと香りがあって……」

「あれは黒砂糖をほんの少し混ぜているからなんです。最後に、黒砂糖の香りがわずかに鼻にぬけるんです」

夢中になって話し始めた吉を團十郎は、きょとんと見つめた。

「……あんた、なんでそんなこと、知ってんだ？」

「えっ」

「まるで菓子職人みてぇじゃねえか」

あわてて、吉は手をついた。

「あ、あたし……風香堂でお世話になる前は、ずっと松緑苑の店に出ておりました。松緑苑が店を閉じる日まで。ですから團十郎さんが松緑苑の菓子をお好きだってうかがって、天にものぼるほど嬉しくて……」

「松緑苑で、なぁるほど。……菓子屋で働いていたのが、風香堂の書き手見習いになったっていうのか……相当、変わってんな。まあ、女の読売書きってものがだいてえ、珍しいや」

「おそれいります。團十郎さん、栗羊羹の他にも、もう一度食べたい菓子など、ありませんか」

吉は、團十郎の目を見て尋《たず》ねた。

「もう一度食べたい、……ない。いや、あるか……」

「あるんですか」

「うむ。あるといわれればある」

「それはどんなものですか」

「……水羊羹……」

口からほろりとこぼれたかのように、團十郎がつぶやく。

「どちらのものでしょうか」

「それはわからねぇ……五代目のじいさんがよく買ってきてくれたんだ。まだ六代目のおやじが生きていたころだから、大昔だ。あれはどこの水羊羹だったのか。包みを開くとふっと笹《ささ》の匂いがして……」

もしかしたら、栗羊羹つながりで、松緑苑のものではないかと思ったが、違ったという。

「松緑苑の水羊羹は抹茶あん。そいつぁ小豆あんなんだよ……もう一度、食べてみてぇ菓子は……あの水羊羹だなぁ」

團十郎は、またつぶやいた。


中村座を出ると、吉は真二郎に頭を下げた。

「おかげさまで、菊五郎さんからお話を聞くことができました。ありがとうございました」

真二郎は手拭いをとりだし、顔をつるりとふいた。

思っていた以上に、緊張していたのだろう。吉は立っていられないほど疲れている自分に驚いた。

「一瞬、菊五郎さんがへそを曲げかけたときには肝《きも》を冷やしたぜ。こんな危ない橋を渡るのは、もう願い下げだ」

「……ほんとに申し訳ありません」

「しかし、菓子の食べっぷりで、千両役者の菊五郎をうならせたなんて……あるんだな、そんなことが」

真二郎はふっと口の端をあげて笑うと、くるりと吉に背中を向けた。

すぐに、風香堂に戻って、四谷怪談の予告の記事と絵を仕上げるという真二郎と別れ、吉は人形町の青林堂と、芝神明の源寿庵をまわることにした。そこで、菓子作りについて聞かなくてはならない。真二郎が絵を描き、吉がもう一度、しっかり味わうために菓子を求める必要もあった。

予想したことではあったけれど、店で話を聞くのは容易ではなかった。

「尾上菊五郎さんがこちらの『青梅の滴』をお好きだとおっしゃっているんです」

吉がそういうと青林堂の主人は頰《ほお》をほころばせたが、作り方の心得を尋ねたとたんに渋い顔になった。風香堂の読売に掲載したいというと、なおのこと口が重くなる。

青林堂は、主人の先代がはじめた店であり、『青梅の滴』は創業当時からの看板菓子だった。

「菊五郎さんにそうおっしゃっていただいたのはありがてぇが、どうやってこしらえるかを明かすわけにゃあいかねぇ」

主人がつっぱねるのも当然である。松緑苑でも、松五郎はじめ菓子職人は決して菓子の作り方の秘事を人におしえるようなことはしない。そもそも、習うより慣れよという言葉通り、先輩から後輩にだって、懇切丁寧に教えたりはしない。職人は先人の動きを見て、何をどうするかを覚え、鍋洗いの前にこびりついたあんこを指でそっとこそげて味を盗み、体に叩き込んでいく。

粘《ねば》りに粘って、「青梅を二、三日間塩水に漬け、さらに流水で塩を抜く」という手間をかけていることを、吉が聞きだせたのは上等といっていいだろう。

「それをやっているから、蜜が梅になじむんだ」

梅には腹の調子を整え、疲労回復という効果があり、夏に向かうこの時期に食べるのは、道理にかなっているとも、二代目の主人はいい添えた。

一方、源寿庵は創業八〇年という老舗《しにせ》だった。

本格的な茶席の和菓子を手掛ける超高級菓子店である。店に並べているのは一種類の菓子だけ。月に二、三度、その菓子が替わる。

「教えられるのは、うちで使用する砂糖は阿波《あわ》の和三盆ということだけだ」

源寿庵の主人はそれっきり口をつぐんだ。

『紅躑躅』は求肥包みの白あんをそぼろの練り切りでくるんだ上生菓子である。淡い緑のそぼろの中に、鮮やかな紅色と白色のそぼろが入り混じり、美しい緑の季節に凜《りん》と咲く躑躅の姿を彷彿《ほうふつ》とさせる。『紅躑躅』の次は『薫風《くんぷう》』という名の抹茶を練りこんだ上生菓子を販売するという。

『青梅の滴』と『紅躑躅』を吉は、それぞれ、光太郎と真二郎、自分、そして考えた末に、絹の分とで四個、それではごろが悪いので五個ずつ求めた。

吉が風香堂に戻ったときには、真二郎はすでに四谷怪談の記事と絵を描き終えていた。

すぐに真二郎は菓子の絵に取りかかった。吉は光太郎に菓子を勧め、自分も改《あらた》めて味わい、文机に向かった。絹はすでに帰宅したらしい。

「さすが菊五郎だな。これは確かにうめぇや」

「へぇ」

筆を握ったものの、なかなか吉は書きだせなかった。力みすぎているのがわかる。

人に読ませるものだと意識するあまり、書き出しの一文が出てこない。

光太郎が奥の部屋に座り、煙草《たばこ》をくゆらせながら、吉が書き終えるのを待っていると思うと、気持ちはますます固くなるばかりだ。

なんとか書き上げて、おそるおそる光太郎に見せたときには、筆を握ってから二刻（四時間）以上たっていた。しかし原稿はにべもなく突っ返された。

「『青梅の滴は、白あんを求肥で包んだ』……『紅躑躅は白あんを求肥で包み』

……なんだ、こりゃ」

「………」

「こんな短い読物の中で、同じ言葉を二回も使うのはど素人《しろうと》のやることだ。……

『それから』『この』『その』も多すぎる。書き直しだな！」

指摘されたところを直して、また持っていくが、それも一瞬で戻された。

「おめえ、これを読んで、人が菓子を買いに走って行くと思うのか。もっとうまそうに書け」

また頭をひねり、書き直した。だが、光太郎は首を縦に振らない。

自分には女中仕事のほうが向いている。文章を書く力がないのだ。書くのが好きだからこそ、自分だけの楽しみにとっておけばよかった……。

書き直しを何度も何度も繰り返すうちに逃げたいという気持ちがどんどんふくれ上がり、そのためのいいわけが吉の胸にいくつも浮かび上がる。

だが、そのたびに、ここで放り出すわけにはいかないと、吉は弱気の虫を打ち消した。もう逃げないと決めたのだ。

菓子職人だって叱《しか》られながら、腕を上げて一人前になる。読売だって同じだと自分に言い聞かせながら、歯をくいしばり、筆を握った。

どんどん反故紙《ほごがみ》が増えていく。

光太郎は、あいかわらず憮然《ぶぜん》とした表情で腕を組み、目をつぶって、吉の次の文章を待っている。いずれにしても、光太郎が合格といってくれるものを書き上げなくては終わらない。

七回目に持って行ったとき、やっと、光太郎がうなずいた。

「ふむ。……これで行くか」

「ほんとですか」

「ああ」

光太郎は顎に手をやった。疲れ切っていて、嬉しいのかどうかも吉にはわからない。ただ、終わったという思いだけが胸に広がっている。

「……ありがとうございます」

「だが、ぎりぎり及第点だというだけだ。これからはもっと精進してもらうぜ」

光太郎は、吉を射《い》るように見つめて続ける。

「文章は誰にも書ける。だが、読売は売りもんだ。人が銭を払って買う。誰にも書けるようなつたないもんじゃ、端《はな》から商売にならねぇ。といって、難しいのはよけいにいけねぇ。誰にも書けそうなくらいわかりやすく、なるほどと、すとんと腑《ふ》におちる。そういう文章を書くんだ。いいな」

「……へぇ」

吉は、自分が書いた文章を読み直した。

——味よし、姿よし、香りよし。

当代きっての名優・尾上菊五郎の好物の菓子は、舞台上の菊五郎さながら、麗《うるわ》しく、味わい深く、大向《おおむ》こうをうならせる、またとない逸品ぞろいである。

「青梅の実がなるのが見えると、ああ、季節が巡ってきたと思うんだ」

菊五郎をしてそういわしめるのは、人形町・青林堂の『青梅の滴』。青梅の実を白あんと求肥でくるりと包んだ菓子だ。白あんと求肥を通して、青梅の淡い緑が透けて見え、佇《たたず》まいの美しさも天下一品。

青林堂では二、三日間塩水に漬け、流水で丹念に塩を抜くという手間をかけて青梅のうまみを引き出す。はじけるような爽やかな香りと、雑味《ざつみ》のないすっきりとした甘さが生まれる所以《ゆえん》である。「ふっくらとみずみずしい青梅を食べると、疲れが吹き飛び、心身が充実した心持になる」と、菊五郎は絶賛する。

芝神明・源寿庵の『紅躑躅』も、菊五郎贔屓の菓子のひとつだ。躑躅が鮮やかに咲き誇る若草の野を思わせる紅躑躅は、白あんを求肥でくるみ、緑と紅・白の練り切りのそぼろで彩《いろど》られている。もっちりと弾力のある求肥の厚みが薄からず厚からず、白あんとそぼろの練り切りの味わいを際立たせている。使用する砂糖は阿波産の和三盆だけ。この菓子を、「躑躅の咲く季節に、新茶と一緒に味わう」のが菊五郎の好みの食べ方だ――

はっと、吉は顔をあげた。呆然とした表情で、光太郎に膝をすすめた。

「旦那さん、あたし、大変なことを忘れていました」

「ん⁉」

光太郎は飲んでいた湯呑を茶たくに戻して、吉を見る。

「あの……源寿庵では月に二、三度店頭に並ぶ菓子が替わるんです。この『紅躑躅』の売り出しは明後日の十一日までだそうでして。もし、読売を買った人が後日、源寿庵に行っても『紅躑躅』は買えません。どうしよう。読売を読んだ人にも、源寿庵にも迷惑がかかってしまうかもしれない……」

すると、光太郎がニヤッと笑って、吉の原稿を引き寄せた。筆をとり、最後に「源寿庵では月に二、三度店頭に並ぶ品を替えるため、『紅躑躅』が食べられるのは五月十一日まで。まずはこんにちはこれぎり、である」と書き足した。

「……決まったな！」

光太郎がいった。まんざらでもなさそうに、その小鼻がふくらんでいる。

「まずはこんにちはこれぎり」は、芝居の終わりに、座頭役者が客に向かってこれでおしまいというときに発する切り口上で、歌舞伎好きなら知らない人はいない。吉だってそれは知っている。菊五郎の読物の締めくくりにぴったりだった。

吉の体からほっと力が抜けていく。そのときになってはじめての読物を書けたという嬉しさがじわじわと湧《わ》き上がってきた。

それから光太郎は懐から、打ち出の小づちの根付《ねつけ》がついた印伝《いんでん》の巾着をとりだし、「今日の菓子代だ」と、銭《ぜに》を吉の前においた。

「これから聞き取りに歩くようになる。持ち合わせがねぇと困るだろ。何になんぼかかったかは、ちゃんと紙に書いて報告しろ。やることがもうねえんなら、さっさと帰れ。残りの菓子はおめえが持って帰っていいぞ」

口は乱暴だが、光太郎の声には情があふれている。

風香堂を出た吉の足は、自然に松緑苑に向いていた。

民と松五郎の引っ越しは半月後に迫っている。家の中はだいぶ片付いていた。

女中ではなく、風香堂の読売の書き手見習いになったと伝えると、案の定、民は目を吊り上げたが、松五郎は思いのほか、喜んでくれた。

「そうけえ、おめえ、風香堂で働き始めたのか。てえしたもんだなぁ」

「てえしたもんだ、じゃありませんよ、おまいさん。冗談じゃない。女の読売書きなんて……大丈夫かい。無理するんじゃないよ。読売が辛かったら、いつでもやめていいんだからね。いや、今からでもやめたほうがいい」

そういった民に、松五郎が珍しく目をむいた。

「お吉が決めたんだ。黙って見守ってやりゃあいいじゃねぇか」

「黙りません。お吉なら、どんな菓子屋だって働き手として、喉から手が出るほどほしがる。しつけだってきちっとしてきたし、菓子への気持ちがある子なんだから。なんなら、あたしが知りあいの菓子屋に頼んできますよ。お吉、ぜひ、そうさせておくれ」

「あ、あの……ありがとうございます、あたしなんかのことで……でも」

吉は、菓子職人のように、読物で人に喜んでもらえるような読売書きになりたいと思っていることを、ふたりに伝えた。

民は口をへの字にして、天井を見上げる。松五郎はそんな民の膝をポンと叩き、吉に向き直った。

「一人前の菓子職人になるのも、何年もかかからぁ。じっくりと腰を据えてやることった。焦るなよ。焦りは手に出るから。あ、筆にか」

民から苦笑がこぼれる。

「ああ、これじゃ、吉の子どもを抱く日がまた遠のきそうだ」

三人は顔を見合わせて笑った。やっぱり、ここ松緑苑が故郷だと吉の胸が熱くなる。

それから吉はふたりに語って聞かせた。

光太郎と息子の清一郎は、喧嘩ばかりしていること。

読売書きの女がもうひとりいるのだが、それが権高で、話もできない女であること。

絵描きの真二郎は二本差しの男であること。

「今日、はじめて仕事をしたんです。市川團十郎さんと尾上菊五郎さんに会って、話を聞いて、はじめての読物も書きました」

吉がそういうと、ふたりは目を丸くした。民はうっとりとため息を漏らす。

「團十郎さまと菊五郎さまと、おまえ、話したっていうのかい」

「こりゃ、たまげた」

松五郎は広くなった額をつるりとなでた。民が下ぶくれの頰に手をあてた。

「うらやましいよ、まったく。あたしも團十郎さまと会ってみたい。菊五郎さまを真近で見てみたい……」

芝居見物には「かべす」こと「菓子・弁当・すし」が付き物で、菓子は、餅であんこを包んで、編み笠《あがさ》の形にした編み笠餅と決まっている。松緑苑では、春にはヨモギを、秋にはクルミを餅にねりこむなど、工夫を凝《こ》らした編み笠餅を、いくつかの芝居茶屋におさめていた。

そのつきあいで、歌舞伎見物を重ねるうちに、民はすっかり歌舞伎好きになっていた。

菊五郎推薦の青林堂の『青梅の滴』と源寿庵の『紅躑躅』を吉はふたりの前においた。

「これが、菊五郎さんがお好きだという……」

「細工が凝っているじゃねぇか。うん。青梅の実の香りが移った白あんと求肥の取り合わせが絶妙だ。紅躑躅の白あんを包んだ求肥の厚みもいい。薄からず厚からず、白あんとそぼろの練り切りを邪魔せず、それでいて求肥ならではのもっちりした弾力が残ってらぁ」

大好きなふたりが菓子をおいしそうに食べている姿をみるだけで、吉はまた力が戻ってくるような気がした。

「で、團十郎さまはどんな菓子を……」

少しもったいをつけて、吉は息をすいこむ。ふたりには、このことをいちばん告げたかったからだ。

ふたりの表情の変化を見逃すまいと、じっと顔をのぞきこみ、吉はおもむろに切り出した。

「それがね……團十郎さんはうちの、松緑苑の……」

「うちの、うちのものなのかい」

民が身を乗り出した。こくんと吉がうなずく。

「團十郎さまがうちのどの菓子を……ええ、じれったい。お吉、早く教えとくれ」

早くも民の目が赤くなっている。

「栗羊羹……『青梅の滴』を食べようともしなかった團十郎さんが、松緑苑の栗羊羹だけは食べたいって、いってくれました。松緑苑が店を閉じたこともご存じで、残念だって繰り返されて……」

そう言いながら吉も涙ぐんでいる。民が鼻をすすって、松五郎を見た。

「おまいさん、よかったね」

「ありがてぇなあ」

「……もっと早く知っていたら、秋には栗羊羹を差し入れさせてもらったのに。……團十郎さまの好物が、うちの栗羊羹だったなんて。やっぱり、おまいさんはたいした菓子職人だよ」

民はもう一度、しゅんと鼻をならした。「ああ」とうめいた松五郎が、唇を真一文字に引き結ぶ。

「その團十郎さんがもう一度、食べたい水羊羹があるっていうんです。でも、どこの店のものかわからないんですって」

「うちのじゃねえんだな」

低い声で、松五郎がつぶやく。

「残念ながら。抹茶あんじゃないっておっしゃるんです」

「あんこが違う!?」

松五郎が聞き返す。

「ってことは小豆あんなんだね。うちの栗羊羹と似ていて、小豆あんの水羊羹か……そんな水羊羹、売っている店が、あったかねぇ」

民が首をひねった。團十郎が、五代目の祖父が、六代目が生きていたころによく買ってきてくれたものだといったと伝えると、民は小首をかしげた。

「確か、六代目が亡くなったのは、七代目の、今の團十郎さまが九歳のときだったって。その團十郎さまは今年三十五歳。ということは……今から二十五年前ってことか……おまいさんが三十五歳、私が三十二歳……ちょうど、ここに店を構えて五年目ですよ」

「……あのころか……」

腕を組んで考え込んだ松五郎が、はっと顔をあげた。

「それって、お吉が生まれた次の年じゃねぇか」

「あら、ほんとうだ」

吉と民が顔を見合わせた。

「留吉もお菊も、初子《ういご》のお吉が生まれて喜んで……」

留吉は吉の父、菊は母の名前である。

「留吉が生きていりゃ、この店を頼めたのになぁ……」

松五郎は遠い目になった。

「おまいさん、いってもせんのないことを。お吉が辛くなるだけですよ」

「おかみさん……」

「お吉、すまねぇな。……留吉とは、店をはじめる前からのなげえつきあいだったから」

「その前から？」

「ああ、話したことがなかったか」

吉はうなずいた。松緑苑以前の話は聞いたことがない。

「留吉は、おれが修業をしていた相生町《あいおい》の翠緑堂《すいりよくどう》で下働きをしてたんだ。おれがのれんわけをしてもらうときに、翠緑堂の旦那さんが、こいつぁ働き者で筋がいいからって、十八になった留吉をつけてくれた」

「そうだったんですか」

「留は、六つで翠緑堂に奉公した叩き上げで、小豆の選び方から、練り方まで、すっかり覚えていた。店を立ち上げて、てえへんなときを乗り越えられたのも、留のおかげよ。留がいたから、おれもやってこれたんだなぁ」

「……ありがとうございます。そんなふうにいってもらって、父も喜んでいると思います」

「草葉の陰で、お吉が嫁に早くいってほしいと留吉もお菊も願っているだろうね」

話の方向がいやなところにむきかけたので、吉は話を戻す。

「ところで翠緑堂ってお店は、今も相生町に？」

それほどの名店なら、知っているはずなのに、吉はその名前さえ聞いたことがない。

「店を閉じたんだよ」

民がぽつりといった。松五郎が引き継ぐ。

「跡継ぎがなくて、店を閉じたんだ。うちと同じだな」

「おまいさん、うちと同じじゃないだろ。翠緑堂さんには跡継ぎの勇吉《ゆうきち》さんがいたんだけど、二十二の年に、家を出て行方《ゆくえ》知れずになっちまったんだよ」

民が、松五郎を遮るようにして言う。

「えっ‼」

「水茶屋の女といい仲になって、出て行っちまったのさ」

ふうっと松五郎がため息をつき、遠い目になった。

「跡とり息子の勇吉さんがいなくなって旦那さんたちはがっくり老《ふ》け込んで、三年後に店を閉じちまった。その二年後に相次いで亡くなって」

「まあ……」

「あのとき、翠緑堂から独立したのは、おれと勝次《かつじ》と彦助《ひこすけ》だ。勝次は向島《むこうじま》の緑《りょく》風苑《ふうえん》、彦助は浅草《あさくさ》の翠竹堂《すいちくどう》を開いた……だが、みんな代替わりしちまった」

「おつきあいはあるんですか」

緑風苑の勝次は三年前に、翠竹堂の彦助は五年前に亡くなったと松五郎は低い声でいった。

「もしかしたら……どちらかの店の水羊羹かも……」

團十郎は、松緑苑の水羊羹とはあんこが違うといった。

松五郎と同じ店で修業をした職人なら、松緑苑の栗羊羹を思わせる味わいの水羊羹をこしらえられるかもしれない。

折を見てふたつの店を訪ねてみようと吉は思った。

「またおいでよ」といって、民と松五郎は、戸口の外まで出て見送ってくれた。

その夜、吉はとぉんと帖の栗羊羹の欄を読み返した。

『みっしりあんがつまっていて、しっかりとした歯ごたえ。その弾力をかみしめた後、甘い口溶けが始まる。和三盆ならではの優しい繊細《せんさい》な甘さ。小豆の香りが口の中に広がる。きめ細かな練りあんの中に、柔《やわ》らかく煮込んだ小豆と、刻んだ栗を混ぜてある。小豆の歯触りも楽しい。栗は甘く香りがいい。そして、最後にほんのり黒砂糖の香りが口の中に立ち上る』

吉は栗羊羹を味わっているような心持になった。

團十郎ではないが、吉もまた、松緑苑の栗羊羹をもう一度、食べたかった。

その三　心の扉

吉が書いた菊五郎の菓子の読物は、絹の釣《つ》りしのぶの読物と抱き合わせにして、売り出されることになった。今朝《けさ》、版木《はんぎ》に回したので、『紅躑躅』最終発売日である明朝の売り出しになるという。

釣りしのぶは江戸の夏の風物詩《ふうぶつし》として欠かせないもののひとつだ。竹などで作った芯《しん》に山苔《やまごけ》を、さらにその上に、「しのぶ草」の根茎《こんけい》を麻縄《あさなわ》などで巻きつけ、軒《のき》に風鈴《ふうりん》のように吊《つ》るし、あるいは庭に置き、みずみずしい緑《みどり》を愛《め》でて、涼《りょう》をとる。

球体のものが一般的だが、「屋形船《やかたぶね》」の形をしたものや、「三日月」を模《も》したものの、「亀《かめ》」の形にしたもの、四方を木枠の井桁《いげた》で囲《かこ》んだ「井戸」とよばれるものも人気があって、本格的な夏を前に、盛んに品評会が開かれている。

絹は、中でも最も定評がある不忍池《しのばず》で開かれた品評会の話をまとめていた。真二郎はそこで「天地人《てんちじん》」に選ばれた亀の形をした釣りしのぶを、豪快かつ涼《すず》やかに描いていた。

「どんな顔をして、みんながおまえの読物を読むか、しっかり見ておけよ」

光太郎が吉にいう。

「へぇ」

自分の書いたものを人が銭を払って読むなんて、吉は今もって信じられない。嬉《うれ》しいというより、怖いような気がする。

「それで、次は誰に聞き取りをするんだ？」

吉ははっとして、光太郎を見上げた。

「次は誰、その次は誰と考えて、先を見据《みす》えて、動かねぇと、この仕事は続かねぇ。今日中に、人を選んで、動いておくれ」

「へ、へぇ」

吉は文机《ふづくえ》に向かうと、読物から選び取った人物の名前を書いた紙を取り出した。

歌舞伎《かぶき》役者の菊五郎に匹敵《ひってき》する人気者がいい。

となると、やはり、相撲《すもう》取りだった。力士は「一年を二十日で暮らすよい男」といわれ、江戸人の憧《あこが》れである。

相撲取りのことはどう調べればいいのだろう。吉は相撲を見たことがない。だいいち相撲を見ることを女は許されていない。

「出かけてまいります」

光太郎に断りを入れて、吉は外に出た。大通りを京橋《きようばし》のほうに向かい、平松《ひらまつ》町にある佐野屋喜兵衛《さのきへえ》ののれんをくぐる。佐野屋喜兵衛は、浮世絵《うきよえ》や草双紙の地元問屋の老舗《しにせ》だった。

「いらっしゃいまし。何をお探しですか。役者絵、美人画、名所絵、花鳥画、相撲絵……」

「相撲絵をお願いします。今、いちばん売れているものを」

小僧の言葉を遮《さえぎ》るように吉はいった。

妙なことをいう客だと思ったのだろう。小僧は二、三度まばたきをしてから、奥の棚に向かう。すぐに、三枚の絵を持って戻ってきた。それぞれの絵に、相撲取りの名前が書いてある。

一枚は、柏戸《かしわど》と玉垣額之助《たまがきがくのすけ》の取り組みを描いたもの、もう一枚は、柏戸の堂々たる紋付《もんつき》の羽織《はおり》姿。そして最後に小僧は、化粧《けしよう》まわしを締《し》めた高砂が土俵入りする姿を描いたものを広げた。

「どれがいちばん売れているかといわれると、お答えしにくいのですが、柏戸と玉垣額之助のものは相撲好きのお客さんが必ず手にとられます。どちらも、横綱《よこづな》不在の今、最高位の大関《おおぜき》の実力者ですから。高砂は回向院の春の勧進《かんじん》相撲で優勝して以来、めきめきと評判があがってきた力士でして」

吉は高砂の絵を手に取った。

肩、腕《うで》、太もも、尻《しり》……肉がもりもりと山のように盛り上がっている。その肉にうずもれるように、金太郎《きんたろう》のような愛嬌《あいきょう》ある顔が描かれていた。

「高砂は、何しろ若く、美形ですから、娘さんたちには大変な売れ行きでございます。柏戸と玉垣額之助のものに加え、高砂の相撲絵をお客さんに配る御茶屋さんも増えております」

御茶屋は、客に代わって相撲の桟敷《さじき》を手配したり、お弁当を用意したりするところだ。

考えた末に、吉は高砂の一枚と、柏戸と玉垣額之助の取り組みの絵を求め、ついでに、こうした相撲絵を納めている御茶屋を小僧に尋《たず》ねた。

小僧は、回向院近くの鶴亀《つるかめ》屋さん、浅草の森本《もりもと》屋さん、上野《うえの》の大坂《おおさか》屋さんと答えたのちに、手をぽんと打った。

「御茶屋さんではないんですが、近頃、雷電屋《らいでん》さんという一膳《いちぜん》めしやさんにも納めさせていただいております。ええ、伝説の大関雷電為右衛門《ためえもん》にちなんだ店名で、相撲好きの客が集まっていると評判の店でございます。そこの娘が大変な相撲好きだそうで」

雷電屋は、鍛冶橋《かじばし》御門近くの五郎兵衛《ごろべえ》町にあるという。

吉は導かれるように雷電屋に足を向けた。

昼餉《ひるげ》にはまだ時間があったが、雷電屋はもう近くの河岸《かし》で働く男たちでにぎわっていた。女ひとりで見知らぬ一膳めしやに入るのもためらわれ、一時まわりを行きつ戻りつした後で、吉は中をそっとのぞいた。壁のいたるところに、大きな相撲絵が飾られている。

「あんた、何してんの」

突然、大声で後ろから呼び止められ、吉は驚いて振り向いた。絣《かすり》の着物に、朱《しゅ》色のタスキをかけ、姐《あね》さんかぶりをした娘が立っていた。

「あ、あの……ここで相撲絵を売っていると聞いて」

「売ってるよ。どの相撲取りのものが欲しいの」

挑むような顔で吉をきっと見つめる。手には沢庵《たくあん》を一本いれた桶《おけ》を持っていた。小僧が言っていた相撲好きの娘かもしれないと、吉は前のめりになった。

「あ、あの……こちらに相撲に詳《くわ》しい娘さんがいると聞いて、お話をうかがえないかと」

「なんで？」

じろりと見られて、吉は鼻じろんだ。

「……ちょいと今、調べものをしてまして」

「何を聞きたいの」

「へえ……人気の相撲取りのことならなんでも。……今、評判があがっている高砂さんのこととか」

ちょっと待っててといい、勝手口から店に入り、娘はまたすぐに出てきた。吉を促《うなが》して、店の前に置かれた長床几《ながしょうぎ》に座る。

「なんでもって……あんた、おかしな女だね。でも、高砂と聞いたら、黙《だま》ってられないわ」

やはり小僧が言った娘だった。娘は高砂の熱烈な贔屓《ひいき》だといい、得意げに話し始めた。

高砂は加賀出身で、十六歳で江戸に出てきて、相撲部屋に入門した。そのときすでに六尺（約百八十センチ）の大男だったという。

稽古《けいこ》にはげみ、めきめきと力をつけ、二十三歳の今、飛ぶ鳥を落とすような勢いで勝ちを重ねていると、娘はうっとりした表情で語った。

「鼻筋が通って中高《なかだか》で、役者みたいな顔をしているから、鬼瓦《おにがわら》のような顔をした相手の力士はこんな奴には負けられねぇって、よけいに熱くなるけれど、高砂の立ち合いの速さは当代《とうだい》一だからねぇ。つかんでは投げ、土俵の外にふっ飛ばし、あるいはどんとつきだし、勝ち星を重ねているんだ」

小鼻をふくらませた娘を、吉はまじまじと見つめた。

「……なんで、そんなことまでご存じなんですか」

女は相撲を見られないはずなのに、まるでその目で見たような口調で娘は語る。吉はそれが不思議でならなかった。

「相撲の取り組みは見られなくても、見た人の話を聞くことはできるじゃない。その話をくみたてれば、この目で見たような心持《こころもち》になるのさ。それに、相撲興《こう》行《ぎょう》があるときには、あたし、毎日、高砂の入り待ち出待ちをしているし」

相撲興行の場所の前で、高砂が来るのを迎えるのが入り待ち、相撲を終えて帰る高砂を見送るのは出待ちだと、娘はいった。

「加賀藩のお抱えだから、本郷のお屋敷の前で待つこともあるんだ。高砂も、あたしの顔をみると、嬉しそうにするのよ」

「加賀藩のお抱えということは、その屋敷に行けば会えるってことかしら……」

吉がそういったとたん、娘の目が吊り上がった。

「会うって、高砂に、あんたが⁉　何で、あんたが会えるの？　いったいぜんたい、あんた、何者？」

ぎりぎりと詰め寄られて、吉が読売《よみうり》の書き手だと白状すると、よけいにおかしなことになった。

「あんたが高砂に会いにいくときに、あたし、ついていってあげる」

「そんな……結構ですよ」

菊五郎と團十郎の話を聞いたときのことが、吉の頭をよぎる。あの緊張の場に、他の人が入りこむなんて、冗談ではなかった。

だが、娘はおさまらない。

「いいじゃない。連れて行ってよ、いろいろ教えてあげたんだから。そんな抜《ぬ》け駆《が》け、あたし、許さない」

「抜け駆けだなんて、仕事ですよ。無理です」

「脇《わき》に座っているだけでいいの。なんで、だめなの。ずるい！」

ほうほうのていで、吉は逃げるようにその場を後にした。

娘の姿が見えないことを確認して、吉は風香堂ののれんをくぐると、ほっと胸をなでおろした。

娘は恐ろしく真剣な表情で吉の跡をつけてきたのだ。知りあいの店に入り、裏口から出て、娘をなんとかやりすごし、吉はやっとのことで風香堂に辿《たど》り着いたのだった。

しばらくして絹が真二郎と共に戻ってきた。

「じゃあ、真さん、早速、朝顔《あさがお》の六歌仙《ろっかせん》、仕上げてくださいましね」

吉が絹に頭を下げると、絹は目だけでちらと会釈《えしゃく》を返した。絹は辛子《からし》色に白縞《じま》が入った粋《いき》な着物に、白地に露草《つゆくさ》を描いた帯《おび》をきりっと締めている。

話の端々《はしばし》から、ふたりが浅草大円寺《だいえんじ》・上野寛永寺《かんえいじ》子院の朝顔の「闘花会《とうかかい》」に行ったことがわかった。真二郎が取り出した帳面には、柳《やなぎ》のように細い葉や龍のこぶしのように丸まった葉など、ちょっと見には朝顔に見えないものが描かれている。

早速、ふたりはそれぞれ筆《ふで》を持ち始めたが、光太郎が絹に声をかけた。

「朝顔の読物はこれまでみてぇに、奇妙《きみよう》キテレツなものってだけで片付けねぇで、もうひとつひねっておくれ」

「……ひねる？」

光太郎から声をかけられ、絹は手を止めて、顔をあげた。

「ああ、小万年青《こおもと》、釣りしのぶ、朝顔と園芸物が、ちょっと続いている。読物の切り口が同じだと、読むほうが退屈《たいくつ》すらぁ」

「はい……ちょっと考えてみます」

絹はピクリと顔の表情を変えて、ほんの少しの間、うつむいていたが、筆をおくと立ち上がった。

「風に吹かれて、頭を整理してまいります」

だが、出て行ったかと思いきや、絹はまた階段を上ってきた。

「お吉さん、雷電屋の方が見えてますわ」

足音をさせて階段を上ってきた娘は絹をぐいっと押しのけ、吉を指さした。

「あ、いた！　やっと見つけた。女の読売書きがいる版元《はんもと》を探したら、すぐに見つかった。風香堂だけだったもの」

呆然としている吉につかつかと近づき、怖い目をしてにっと笑う。

吉はぞっとした。

「あんた、高砂に会うんだろ。そのときにはきっとあたしをつれてっておくれよ。高砂の話、あんなに教えてやったじゃないか」

皆の視線が、吉に集まる。

「まだ何も決まっていませんし、もし、高砂関に聞き取りをするにしても、関係ない娘さんを連れて行くわけには……」

「そばに座っているだけでいいんだ」

「そういうわけにはいかないんです」

「けちくさいこと、いうんじゃないよ」

吉は必死に娘をなだめようとしたが、一歩も引きさがらない。

そのときだった。絹が娘の前に立った。

「いいかげんになさいな！」

「あんた、誰よ」

「私も読売の書き手です。おたくのご商売はなんですか」

「一膳めしやだけど……」

「料理人の調理場に、はい、どうぞと、他人をいれたりしますか」

「入れないよ、当たり前だろ」

「そういうことです。あなたを聞き取りに連れて行くわけにはまいりません」

「それとこれとは……」

「同じです。聞き取りする場は、料理人の調理場と同じですから、他の人を入れることはできないんです」

一歩も引かないという表情で、絹はきっぱりといった。

「だって、あたしが……」

「だってもへちまもございません」

光太郎が立ち上がり、階段を指さした。

「娘さん、そういうことだから、帰ってくれ。同じ用件で、二度と顔をださねえでくれ。迷惑だ」

すごみのある声で光太郎が言うと、娘は唇《くちびる》をかんで階段をかけおりていった。

娘の足音が消えると、吉は光太郎と絹に手をついて、礼をいった。絹はあきれたようにため息をつく。

「誰彼なしに話を聞けばいいってもんじゃないって、おわかりになったんじゃない？　あの娘が本当のことをいったのかどうかだって、怪しいものです。今後、こういうことは御免被《ごめんこうむ》りますわ」

それだけいうと、絹はつんと顎《あご》をあげて出て行った。

「こんなことになるなんて、思ってもみなくて……ご迷惑をおかけしちまって」

吉は手をついたまま、つぶやく。光太郎は、吉の文机の前に並べられた相撲絵に目をやり、懐手《ふところで》になった。

「次は相撲取りにしようと思ったか……目の付け所はよかったな。自分で調べ歩こうとしたところも、ほめてやる。だが、話を聞く相手は選ばねぇとなんねぇ。たまにいるんだ、あの娘のような道理のわからねぇ者が。あの娘、今日は絹の剣《けん》幕《まく》に驚いて帰って行ったが、しばらくは気を付けたほうがいいかもしれんな」

娘の怖い目を思い出して、吉は唇をかんだ。

「お絹さんのように、はじめにもっときっぱり断ればよかった……」

光太郎は顎をなでながら低い声でいう。

「お絹はあの性分だ。あの娘だって、お絹にはとりつく島がねえと思っただろうよ。だがおめえはお絹とは、また違う。おめえにはおめえのやり方があるんじゃ待ち伏せしたりしかねねぇ。高砂への聞き取りは急ぐもんじゃねぇから、日をおくことにするか……お吉、人選びから出直しだ」

「……申し訳ありませんでした」

吉は肩を落とした。胸の動悸《どうき》はおさまらない。

人気者には、顔を見るだけでもいい、そのためにだったら、無理をも通しかねない贔屓がついているのだと思い知らされた気がした。文机の上に広げた高砂の相撲絵を見つめながら、吉の唇から思わずため息がもう一度こぼれた。

のろのろと吉は、また名前を書いた紙を取り出す。

「江戸の三男《さんおとこ》は、与力《よりき》、相撲に火消しの頭というけど……」

与力は町を守る同心《どうしん》の上役で、江戸八百八町を文字通り取り仕切っている。だが与力に、好きな菓子《かし》は何かなど、おいそれと聞けるわけもない。

火消しは普段は鳶《とび》として働いているが、いったんことが起きれば、自分たちが町を守るという気概《きがい》を胸に、火事場で鬼神《きじん》の働きをする。揃《そろ》いの法被《はっぴ》姿は人々の憧れであり、その活躍ぶりは浮世絵にもなっている。その荒くれ男たちを率《ひき》いる頭は、まさに江戸の男伊達《おとこだて》だった。そんな火消しの頭に菓子の話を切り出すのも気がひける。

「……戯作者《げさくしゃ》はどうかしら。『南総里見八犬伝《なんそうさとみはっけんでん》』の曲亭馬琴さんとか……」

南総里見八犬伝は今、もっとも人気がある読本だ。吉も、出版になるたびに、本を借りて、読んでいる。

ご存知《ぞんじ》、『南総里見八犬伝』の物語の舞台は、室町時代。領主・里見義実《さとみよしざね》に処刑された玉梓《たまずさ》の呪《のろ》いにより、義実の娘・伏姫《ふせ》は、猛犬・八房《やつふさ》に幽閉《ゆうへい》され、自害する。その死の間際《まぎわ》、護身の数珠《じゅず》から、仁《じん》・義《ぎ》・礼《れい》・智《ち》・忠《ちゅう》・信《しん》・孝《こう》・悌《てい》の霊玉を持つ八犬士が生まれ、大活躍をするという幻想大活劇だ。

文化十一年（一八一四）に最初の五冊を出版してから、すでに五度、毎回五巻ずつ出版されている。八犬士の活躍ぶりは胸がすくようで、話は佳境《かきょう》に入ったばかりだった。

衣擦《きぬず》れの音がして、絹が戻ってきた。

「真二郎さん。湯島にご一緒していただきたいんですの」

頰《ほお》が興奮のせいか珍しく紅潮《こうちょう》している。それから絹は光太郎に向かっていった。

「朝顔の読物を小さくして、その代わり、これから聞き取りをする事件の読物を大きく扱っていただきたいんですが」

「どんな事件でぇ」

光太郎が促すと、絹は得意げに話し始めた。今、顔見知りの岡《おか》っ引《ぴ》きから仕入れたばかりの話だという。昨日、湯島天神《てんじん》の境内《けいだい》の芝居《しばい》小屋で男が刀を抜き、暴れ出した。刀を振りまわすために、誰も近づくことができない。そこに駆け付けたのは、鳶の頭の、後家《ごけ》のおよしだった。

「およしさんは、とっさに着物を脱《ぬ》ぎ、腰巻《こしまき》一枚になると、そのままひとりで、芝居小屋に入って行ったんです。およしさんは、かつて湯島小町《こまち》だったそうです。亭主が死んだ今は、鳶をたばねる女傑《じょけつ》として有名で……」

「腰巻一枚!?」

光太郎の眉《まゆ》があがって、目の端に笑みが浮かんだ。

真夏にしなびた胸をだして夕涼《ゆうすず》みする婆さんたちの姿は珍しくもないが、美女として鳴らした元湯島小町となれば、話は違う。

突然、真っ白な乳房をだした美女が目の前に現われたのだ。男は、近づいてくるおよしをポカンとして見た。

「およしさんは男のそばに行くや、にっこり笑い、刀を取り上げ、ひとりの怪我《けが》人を出すことなく騒ぎを鎮《しず》めたというんです」

光太郎が膝《ひざ》をうった。

「男勝りの女傑の話は江戸っ子のいっち、でぇ好物だ」

「真《まさ》二郎さんにはおよしさんそっくりの絵を描いてもらいたいと思って」

「おもしれえ」

真二郎がふっと笑って立ち上がる。絹は勝ち誇《ほこ》ったように、ちらりと吉を見た。

しばらく考え込んでいた光太郎が吉を呼んだ。

「となると、お吉のほうも……女をだそうじゃねぇか。およしの読物のそばに、もうひとり、きれえな女を載《の》せたら、評判になるにちげえねえ。お吉、渓斎英泉《けいさいえいせん》の美人画を知ってるか」

英泉は今、一世を風靡《ふうび》している浮世絵師だ。喜多川歌麿《きたがわうたまろ》のような肉感的な美人ではなく、英泉は、切れ長の目に意志をたたえた妖艶《ようえん》な美女を得意にしている。

「三日前に、売り出した英泉の辰巳芸者三人娘の美人画が評判になっている」

光太郎は一枚の浮世絵を、吉に手渡した。

ちょっときかんきな、それでいて愛らしさも備えた若い娘が描かれている。切れ長の目はツンと吊り上がっているが、口元は下唇がぽってりと突き出ていて、それが、不思議な魅力となっていた。

「中でもこの駒吉《こまきち》の浮世絵がえれぇ人気だ。これにのらねぇって手はねえや。今から深川《ふかがわ》に行って、駒吉に菓子の話を聞いてきておくれ。置屋《おきや》は門前仲町《もんぜんなかちょう》の梅《うめ》乃《の》屋。けえりに、菓子屋にもよって話を聞いて、すっ飛んで帰ってくるんだ。今日中に書き上げ、明日、刷《す》りに回して明後日《あさって》発売だ」

「今日中に全部⁉」

「真さんの帰りを待ってる暇《ひま》はねぇや。お吉、おめぇひとりでいってこい。この読物は早さが売りだ」

　光太郎は、書状をしたため、吉に手渡し、おかみがしぶったら、この書を渡すようにとつけ足した。

　吉は急いで支度《したく》をして、風香堂を後にした。江戸橋を通り過ぎ、新堀《しんぼり》沿いを歩く。大川端に出て豊海《とよみ》橋を渡ると、永代《えいたい》橋が見えた。

　ほてった頰を、永代橋の上を吹き抜ける風がなでていく。深川の町並が目の前に広がっていた。

永代橋を渡ってしばらく行くと、次第に人通りが増えてきた。

「粋は深川、いなせは神田《かんだ》」といわれる深川の中心である永代寺門前仲町には、人々の笑い声や呼びこみ、下駄《げた》の音、髪の結い方や着物のくずし方まで、日本橋とはどこか異なる雰囲気が漂《ただよ》っている。

梅乃屋と書かれた軒提灯《ちょうちん》はすぐに見つかった。

吉が読売の風香堂のもので、駒吉さんに話を聞きたいというと、おかみはちょっといやな顔をした。

誰それと、駒吉ができているといった類《たぐい》の話を読売にのせるというなら、面会はご遠慮願いたいとしぶい声で言う。吉は、光太郎の書状をおかみに渡し、駒吉の好きなお菓子を紹介したいだけである旨《むね》を話した。

「ほんとに、お菓子の話だけにしておくんなさいよ」

しぶしぶといった体《てい》で、玄関のすぐ隣に設けられた四畳半に案内された。

まもなく、駒吉が姿を現わした。

座敷の準備をしていたらしく、島田《しまだ》に結《ゆ》ったつややかな髪に櫛《くし》と簪《かんざし》をさして、地味な薄鼠《うすねず》色の縞柄の着物をきりっと着ている。足元は素足。ほんのり粉をはたいた肌《はだ》に、形の良い弓型の眉、小さいけれどやや厚めの唇、切れ長の目……

浮世絵よりも実物はさらに美しく、ひな人形のように愛らしかった。

「お菓子の何をお聞かせすればいいんですかぃ」

声は甘いが、男っぽい口調で駒吉は尋ねた。辰巳芸者は、薄化粧で身なりは地味。冬でも足袋《たび》をはかず、男のものとされる黒羽織をひっかけて座敷にあがる。芸は売っても色は売らないのが心意気でもある。

その姿にみとれていた吉は、はっと我《われ》に返って、駒吉にもう一度、説明をする。

「……好きなお菓子……いっぱいありんすけど、どれかひとつっていったら……はて、どれでありんすか……」

考え込んでしまった駒吉に、隣に座ったおかみがあきれ顔でいった。

「おまえのいっち、好きなのは、花輪《はなわ》のかりんとうじゃないかえ」

「あれまぁ、ほんに」

けらけらと駒吉は笑いだした。

「あんまり当たり前すぎて、思い至《いた》りやせんでした。お吉さん、召《め》し上がったことがありんすか。おかみさんが言う通り、わちきはかりんとうを切らしたことがありやせん。中でも花輪のかりんとうは細くて、甘さもすっきりしていて、絶品でありんす」

「花輪というと、日本橋本町《ほんちょう》一丁目の？」

「あい」

「駒吉さんがかりんとうを食べたくなるのは、どんなときですか」

うふふっと、また駒吉から白い歯がこぼれた。辰巳芸者は歯をそめない娘姿も売りなのだ。

「いつでも。……かりんとうを食べると、元気がでるんです。お吉さんも甘いものが嫌いではござんせんでしょう。ほれ、ひとつ、召し上がってくんなんせ」

駒吉は、後ろの棚から袋をとりだすと、かりんとうを差し出した。

「……いただきます」

赤ん坊の小指のような細さのかりんとうだった。蜜《みつ》を塗《ぬ》ったような艶《つや》がある。口に含むと雪のように甘さが溶けて広がる。生地に、白砂糖を飴《あめ》になるまで煮詰めたものをからめているのだ。かむと、ぽりっと軽やかな音が弾けた。

「まぁ……黒砂糖のかりんとうと違って、これはまた上品な……砂糖の飴が厚すぎず薄すぎず。……本当においしい」

「ひとつでは満足できないのではござんせんか。わちきは食べだしたら止まりやせん。よかったら、もっと召し上がってくんなんせ」

「……おことばに甘えて……」

吉はもう一本、指でつまむと、口に入れた。口どけのいい甘さ、歯触りのよさ……じんわりと心が温かくなるようなやさしい味わいだ。駒吉は、吉の食べる様子に目を見はった。鈴《すず》を振るような声で笑う。

「ほんに。うまそうに食べなさること。読売さんも、かりんとうを食べたら、顔が明るくなったような……」

吉は駒吉にうなずいた。

「駒吉さんのおっしゃる通り。このかりんとうをいただくと、元気が湧いてくるような気がします」

雷電屋の娘のことなど、心を覆《おお》っていた吉の屈託《くったく》が薄らいでいく。

「読売さんでも、元気がないときがありんすか？」

「へぇ、ありますとも……駒吉さんも」

「あい。辛いことや悲しいことがあったときには、このかりんとうに慰《なぐさ》めてもらいやす」

芸者である以上、駒吉は前借金を抱えた年季奉公だ。

いくら人気芸者といっても、駒吉も自分で客を選ぶことはできはしない。宴席にはわがままで横柄《おうへい》な客だっているだろう。酒に酔って無理難題を吹っかける者だっているはずだ。

悔しい思いをすることもあれば、幼いころに別れた親のことを思って涙する日もあるに違いない。

「あたしを励ましてくれるのも、甘いものです。このかりんとう、これから贔屓にさせてもらいます」

「あらまあ、わちきと読売さんは、かりんとうが取り持つ仲間でありんすね」

駒吉はまた声をあげてころころと笑った。

梅乃屋をあとにした吉は、永代寺に参拝《さんぱい》し、もと来た道を引き返した。

永代橋を渡り、行徳河岸《ぎようとくがし》から小網町沿いに歩き、小舟《こぶな》町を通り過ぎ、大伝馬《おおてんま》町の大通りに出る。日本橋本町一丁目は、江戸城の目の前の一等地だった。

呉服屋や薬問屋の並ぶ表通りから一本入ったところに、花輪の朱色ののれんが揺れていた。

風香堂の者だと名乗り、辰巳芸者の駒吉の「いっち、好きなお菓子」が花輪のかりんとうだと話すと、五十過ぎの主《あるじ》は、享保八年（一七二三）創業だという店の由来から話しはじめた。

「おかげさまで、開業百年を超えました。当初、当家のかりんとうは、小麦粉を捏《こ》ね、棒状にして油揚げしただけのものだったんです。ご存じのように、白砂糖は上菓子にしか使うことを認められておりませんでしたから。蜜をかけたこのかりんとうを売り出したのは、三年前からです」

それだけの砂糖が手に入ったのは、本家が薬種屋だからだ。砂糖を扱うのは、薬種屋だった。とはいっても、扱える砂糖の量が限られているため、一日に販売するかりんとうの量は、四〇匁《もんめ》入り（一五〇グラム）が八〇袋だけだという。

「そういうわけでございますので、読物には、『売り切れ御免』と、必ず、明記していただけますか」

主はそういってしめくくった。

風香堂に戻ると、光太郎が待っていた。絹も真二郎も戻っていて、ふたりとも筆を走らせている。

飴がけのかわいらしいかりんとうを差し出すと、光太郎は目を細めた。

「いいねぇ。いかにも、辰巳芸者が選ぶ菓子らしいじゃねぇか。乙粋《おついき》でぇ」

光太郎がいうように、このかりんとうは駒吉にぴったりだった。仰々《ぎょうぎょう》しくなく、甘さがあっさりしていて、小ぶりで愛らしく、それでいて凛《りん》として品がいい。

吉は気持ちを引き締め、墨《すみ》をすり始めた。駒吉がいったように、ふたりがかりんとうでつながったような気がして、思いがけないほど、筆が進んだ。

何度か書き直したものを一読した光太郎の眉がふっとあがった。

「……いいじゃねぇか。うまそうだ。ただし、『かむと、ぽりっと音がする』というくだりがいけねえな……」

主語をそこだけ駒吉にして『駒吉が白い小さな歯でかむと、ぽりっと軽い音がした』としてはどうかと、光太郎は言った。

「なるほど。……そうすると、かりんとうを食べている駒吉さんが見えるようですね」

「ちょいと、その人物の特徴を入れると、姿を思い浮かべやすいんだ。けどな、やりすぎはいけねぇ。しつこくなっちまう。その加減《かげん》が難しい。おめえもその塩梅《あんばい》を早く身に付けるこったな」

明日は菊五郎の読売が出る。その読売を、菊五郎と源寿庵、そして青林堂に、なるべく早く届け、礼をいうのを忘れるな、と光太郎は言い添えた。

難しい顔をして筆を走らせている絹と真二郎にも挨拶《あいさつ》して、吉は風香堂を後にした。いろいろあったが、吉の読物を読んだ光太郎に「うまそうだ」といわれ、なんともいい気分だった。


翌朝、六つ（午前六時）の鐘《かね》が鳴ると同時に家を出て、吉は風香堂に入った。

二階に上がると、光太郎の机の上に、読売が積んであった。

一〇〇部の山がいくつも並んでいる。

吉は胸を弾《はず》ませて刷り上がったばかりの読売を手に取った。そしてはじめて書いた菊五郎の菓子の読物を何度も繰り返して読んだ。晴れがましい気持ちと、反響への不安が交錯《こうさく》するが、やはり嬉しさが勝っている。

それから窓を全部開け、部屋の中に朝日と夏の風を通し、さっと掃除《そうじ》していると、下から、男たちが勢いよく階段を上がってきた。粋な着流し姿の読売売りたちだ。

「おはようございます。本日もご苦労様でございます」

行儀《ぎょうぎ》よくあいさつした吉に、読売売りたちは笑顔を見せた。

「姉さん、おめでとさん。姉さんが書いた初の読売だって、光太郎さんから聞いてる。せいぜい、売りまくってやるよ」

「へ、へぇ。あとはみなさんが頼りです。どうぞ、どうぞ、よろしくお願いします」

読売売りたちを見送ると、読売を数枚、風呂敷に包み、吉もまた風香堂を後にした。

「江戸の夏に欠かせねぇもの〜〜、目だかァ、金魚ゥー、風鈴、鈴虫《すずむし》、まつ虫、くつわ虫。甘酒《あまざけ》、白玉《しらたま》、ところてん。行水《ぎょうずい》、蚊遣《かや》りに屋形船。まだまだあらぁ。しかし、暑さを吹っ飛ばすものといったら、なんてったって、釣りしのぶじゃねえか。軒に下がる緑の釣りしのぶ、しっとりと湿り気を帯《お》び、風に葉がそよぎ、その乙な姿を見るだけで、すーっと涼しくなるって寸法だ。

そうはいっても、釣りしのぶにもいろいろあらあな。半端《はんぱ》なものじゃ、すぐ見飽きちまう。ひと夏、眺《なが》めて暮らすもんでぇ。こいつぁいいというもんをちゃんと選びてぇ。そう思うんなら、この読売を読んでくれ。江戸でいちばん豪勢な釣りしのぶとはどんなもんだか、見てもらいてぇんだ。百両はくだらねぇ釣りしのぶだよ。けど読売はたったの四文。さあ、買った買った」

「そこのおかみさん、ご亭主が『どうして俺はこんなにいい男なんだろう』といったら、そのご面相《めんそう》で気がふれちまったにちげぇねえ、問答無用《もんどうむよう》、思い切りはっ倒してやっとくれ。

そういって似合うのは……ご名答！　当代きっての歌舞伎役者・尾上菊五郎だけでぇ。その菊五郎が贔屓にしている……茶屋じゃねぇ、料理屋……でもねぇ、水茶屋の娘でも、芸者でもねぇ。もったいつけんなって？　知らざぁ、いって聞かせやしょう。

菓子だ菓子！　菊五郎好みの菓子がどんなんだか、知りたくねぇかい。だったら、読売を買っとくれ。

茶屋にも料理屋にも水茶屋にだっていけねえ貧乏人の子だくさん、そんな貧乏人でも菓子ひとつだったら買えらぁな。

菊五郎と同じ菓子を食べたら、亭主も菊五郎みてぇないい男に変わるかもしれねぇ。いや、それはねぇ。いや、ねえとも限らねぇ。おかみさんだってたちまち、富士額《ふじびたい》におちょぼ口、涼しい目元の美女に変わるかもしれねぇ。菊五郎の菓子と釣りしのぶの読物、まとめて四文でぇ。さあ、買っとくれ」

読売売りは、すでに外に飛び出し、調子よく口上《こうじょう》をのべていた。そこに群《むら》がる人々を、吉は立ち止まって見つめた。

買ってすぐにその場で読み始める人もいる。駆け寄って「どうですか。おもしろいですか」と聞いてみたい気持ちを吉は必死でなだめ、中村座に向かった。

中村座前でも、読売売りが大きな声で人々を集めていた。

菊五郎はちょうど舞台に立っているというので、吉は下男に読売を渡し、菊五郎へ礼を言《こと》づけ、さらに人形町の青林堂に足を延ばした。

青林堂の前にはちょっとした行列ができていた。そのうちの何人かが読売を手にしている。たった今、読売を売り始めたばかりなのに、菊五郎贔屓の新し物好きが、青林堂に『青梅の滴』を求め、おしかけはじめていた。ここでは、行列に相好《そうごう》を崩《くず》した主に読売を手渡して、礼をいうことができた。

それから吉は道を引き返し、芝神明の源寿庵に向かった。すでに日が高くなり、夏の日差しが降《ふ》り注ぎ始めている。源寿庵の前にはさらに客が集まっていた。

だが、源寿庵の主も、恵比須《えびす》顔で吉を迎えた。売り子の女中は恨めしそうに、吉を見た。

「これほどのお客さまがおしかけてくるなんて。読売のおかげで、こっちはとんでもない忙しさになりそうだよ」

自分が書いたものを読んで、人が動いている。それはくすぐったいような嬉しさだった。

源寿庵を出ると、吉は増上寺《ぞうじょうじ》に参拝し、土橋《どばし》を渡り、山城《やましろ》河岸を歩いた。運河を隔《へだ》て、向こう側には大名屋敷が連《つら》なっている。大名屋敷の先に白壁の江戸城が見える。

山下《やました》御門、数寄屋橋《すきやばし》御門を通り過ぎ、比丘尼《びくに》橋を渡ったとき、吉はあっと息を呑み込んだ。

うっかりしていたが、この道を進めば、あの娘が働く雷電屋の前を通ることになってしまう。

急ぎ足で、吉は中《なか》ノ橋まで歩き、左に折れた。大通りを一本入ったこの稲荷新《しん》道《みち》は、気軽に入れる小さな店が多い。いつもならなんとはなしに店をのぞきながら歩くのだが、今日はそれも控《ひか》え、あの娘に会いませんようにと願いながら、足早に通り過ぎる。

だが、稲荷新道の途中まできたとき、吉の胸がぎくっと震《ふる》えた。

風香堂まで乗り込んできた雷電屋の娘がよりによってこちらに歩いてくるのが
その先に見えたからだ。こんなところで顔を合わせるのは絶対に避けたい。

吉はとっさに稲荷神社の境内に入った。鳥居の陰に身を隠し、息をひそめる。

幸《さいわ》い、娘は吉に気がついた様子はなく、門前を通り過ぎていく。

娘が角を曲がったのを確かめて、吉はふうっと息を長くはいた。

そのときだった。誰かが争っているような声が境内の奥から聞こえた。境内を
歩いていた人々も、何ごとかと顔を見合わせている。

次に女の悲鳴が聞こえた。

「あっちだ！」

誰かが叫《さけ》んだのをきっかけに、人々はどどっと境内の奥に向かって走り出した。吉も走った。

境内の奥にある大きな欅《けやき》の下で、若い男と女が、手拭《てぬぐ》いで顔を隠したふたりの男に匕首《あいくち》をつきつけられていた。男女は追い詰められ、欅の太い幹に背中がくっつきそうだ。

「何してんの！　やめなさい！」

吉は大声で叫びながら腰をかがめ、夢中で小石をひっつかんだ。次の瞬間、賊《ぞく》めがけて吉は思い切り小石を投げつけた。投げては拾《ひろ》い、拾っては投げつける。途中で手前に落ちてしまう石もあったが、何個かは男たちにあたった。

「何しやがる！」

男のひとりがふりむいて吉を見た。その瞬間、吉が投げた小石が男の額《ひたい》にぶつかった。赤い血が目元までひと筋流れ、男がそれをぬぐおうとした瞬間、手拭いがはらりとはずれた。

「くそっ！」

ぎらりと底光りした細い目が吉をにらみつける。

男は顎の尖《とが》った顔をしていた。その顎から耳元にかけて影ができていた。

「このアマ、邪魔《じゃま》だてしやがって」

どすの利《き》いた低い声で叫び、男が吉に匕首を向けた。凶暴さが声からも体からもにじみ出ている。

殺されると、吉の身がすくんだ。

後ろから小石がいくつも飛んできたのはそのときだった。ことここにいたり、呆然としていた野次馬が吉に倣《なら》って小石を投げ始めた。

「火事だ、火事だ！　大変だ！」

加勢を得て、吉は必死に大声で叫んだ。

江戸の町で、火事と聞いて、外に出てこない人はいない。あたりをとりまいている人たちにも、吉の意図が伝わり、これまた声をあわせて、「火事だ！」と叫びはじめる。

参道の出店から、次々に人々が顔をだし、こちらに向かって走ってきた。

賊は吉をにらみつけ、匕首を握《にぎ》り直した。

やっぱり斬《き》られる……吉の体が震え、こめかみがどくどくと音を立て始めた。

そのとき、吉と賊の間に、するりと入った男がいた。

「後ろに下がってろ！」

絵師の真二郎だった。真二郎は男たちをひたっと見据え、長い両手を広げて構《かま》える。

その瞬間、男のひとりが真二郎めがけて大地を蹴《け》り、匕首をふりあげた。迷いのない恐ろしく速い突きがくり出される。

だが、ふところに飛び込んできた男の匕首を、真二郎は手刀でたたき落とした。間をおかず、もうひとりの男が匕首で真二郎の首元を狙《ねら》う。

その刃を、真二郎は身を翻《ひるがえ》して避け、すかさず腰《こし》を狙った匕首を刀の柄《つか》で受けて、匕首を跳《は》ね飛ばした。

賊が逃げ出したのはそのすぐ後だった。安堵《あんど》の声が、人々から漏《も》れ出る。吉はへたへたと座り込んだ。

「無事か」

真二郎は、吉に尋ねた。

「へ、へぇ」

吉は、肩で息をしながらこたえた。顔をあげることさえできない。真二郎はそれから抱き合ってうずくまっていた男女に声をかけた。

「あ、ありがとうございました……」

みな、声を出すのもやっととというありさまだ。

やっとのことで、吉が目をあげると、真二郎は怒ったような顔で見下ろしていた。

「驚いた女だな、おまえは……。匕首を持った賊に、石を投げつけるとはな」

不意に表情を崩し、くくっと真二郎は愉快《ゆかい》そうに笑う。吉はまだ立ち上がることもできない。腰が抜けてしまったようだった。

「……夢中で……わ、笑い事ではございません……」

「ほら」

真二郎は吉に手をさしだした。一瞬、とまどったが、吉はその手を借り、立ち上がった。

「助けていただいてありがとうございました」

吉は改めて真二郎に礼をいった。真二郎はため息をもらした。

「危ないまねをしやがって。あのままじゃ、おまえまで斬られていたぞ」

「す、すみません。……それにしても、真二郎さんは案外《あんがい》、腕がたつんですね。……驚きました」

「案外⁉」

真二郎は目をむいた。

「絵を描いている姿しか知らなかったから。……でもなんで、真二郎さんがここに？」

「剣の道場の帰りだ。稲荷新道を歩いていたら、女の悲鳴が聞こえて走ってきたんだ。だが、まさか、おまえにまで匕首が向けられていたとは思わなかったよ」

そこにようやく御用聞き《ごようき》が下っぴきを伴《ともな》い、駆け付けた。

「ふたりの賊が……」「……匕首をふりまわして……」

「あの娘さんが石を投げて」「お侍が助けに入って……」

口々に事情を説明しようとする人々を手で制して、御用聞きは男女と真二郎と吉を見まわして「自身番《じしんばん》で事情を聞かせてもらおう」と告げた。

自分が自身番に連れて行かれるなんて吉は考えたこともなかった。だが、いやもおうもない。

自身番は、町奉行の管轄下にあり、大家《おおや》や書役《かきやく》など町役人が日中、詰めている、いわば役所の派出所のようなものだ。

自身番で、岡っ引きたちはまず若い男女に話を聞こうとした。

男は須田《すだ》町の料理屋の息子、鶴吉《つるきち》。娘は南紺屋《みなみこんや》町に住む染《そめ》職人の娘、ヨネと名のった。だが、岡っ引きが、誰かに襲われる心当たりはないかと尋ねると、ふたりはうなだれて口をつぐんだ。ヨネは顔を手でおおって涙を流し、鶴吉は膝を両手でつかんで、貝のように口を閉じ、まったく、らちが明かない。

「それじゃあ、お侍さんと姉さんに先に話をしてもらおうかね」

致し方ないという表情で岡っ引きは、並んで部屋の隅《すみ》に座っていた真二郎と吉に、話を切り出した。

丸い顔に丸い鼻、顔中に大きな黒子《ほくろ》が散らばっていて、さながら豆大福《まめだいふく》のような顔の岡っ引きは、このあたりを縄張りにしている小平治《こへいじ》という三十がらみの男だった。

吉は稲荷神社の境内の奥から争っているような声と悲鳴を聞いて駆け付けたことをとつとつと話した。

「賊は頰《ほ》っかむりで顔を隠して、匕首を構えてやがった——てこたぁ、端《はな》から、このふたりを狙っていやがったか。それをやめさせようとして石を投げて、賊が姉さんに向かってきそうになったところで、お侍さんの真二郎さんが間に入ったというんだな。……賊はつかえたか」

真二郎がうなずく。

「はぁ。相当に場慣れしているとみえました」

「素人《しろうと》じゃねぇか……顔は見たかい」

「体つきはどちらも中肉中背《ちゆうにくちゆうぜい》。二十をふたつみつ越えたくらいだと思いますが、顔ははっきりとは。ただ、手拭いがはずれた男は、かなり細面。目は糸のように細く、顎のところに何か影のようなものがありました」

真二郎は、顎に手をやりながら話す。目の付け所が、瞬時にものの形を記憶する絵師ならではの正確さだ。

「影ってなんだ……」

考え込んだ小平治に、吉が口を開いた。

「……あざだと思います。手拭いがほどけたときに、右顎から耳元にかけて、青黒いものが見えました。それから、たしかに、頬はこけていましたが、頬骨はぐっと張っていたような気がします」

小平治は喉《のど》をごくりとならした。

「よく見てたな。ふたりとも」

吉は軽く頭をさげた。松緑苑で客の顔と名前を覚える癖をつけていたのが、こんなところで役立っている。

しばらく姿を消していた下っぴきががらりと扉を開けて、小平治に向かって渋い顔で首をふった。

「……今、出払っていて、どこにいったか皆目《かいもく》わからねえ。帰ったら自身番にすっとんでくるよう、近所の者には伝えてきやしたが」

小平治は口をへの字にしてうなずき、真二郎と吉に向き直った。

「申し訳ねぇが、似顔絵師が来るまで、ここでしばらく待っててくれ。賊の手配書をこしらえてぇんだ」

吉は真二郎を見つめた。真二郎なら、並みの似顔絵師よりうまく描けるはずだ。まして本人を見ている。だが、真二郎は何もいわなかった。

小平治はそれから再び鶴吉とヨネに向き直った。やがて観念したように、鶴吉が話し出した。

鶴吉とヨネは、茶店で隣り合ったのがきっかけで、恋仲になって半年になるという。だが、一人娘と一人息子であるため、親の大反対にあい、かといって別れることもできず、結局隠れて会うようになった。

ふたりは、十日前の日暮れに、武家屋敷が並ぶ新大橋《しんおおはし》近くの岸辺に屋形船をつけ、船頭には心づけを渡し、小半刻ばかりあいびきを楽しんでいたという。そのときふたりは悲鳴を耳にした。あわてて船べりに出ると、川の中央に浮かんだ舟の上で男たちが激しくもみあっているのが見えた。あっと思うまもなく、ひとりの男が川に突き落とされ、思わずヨネの口から悲鳴が漏れ出《で》た。その声は川面《かわも》をつたわり、男たちの舟まで届いてしまった。夕日に照らされたふたりの男がふり向くのがはっきりと見えたという。

だが、ふたりは訴え出ることはせず、口をつぐんだ。親に内緒で会っていたからだ。そのまま、ふたりが男たちと二度と出会わなければ、それで終わったはずだった。

だがヨネはそのうちのひとりを二日前に柳原《やなぎわら》土手の古着屋で、見かけてしまった。ヨネはあっと叫び声を呑みこみ踵《きびす》を返した。そのとき、男はヨネが人殺しを目撃した男女の片割れだとわかったのだろう。男たちはヨネを逃しはしなかった。そして今日、ヨネと鶴吉がふたりでいるところを狙われた。

「八日ほど前、鉄砲洲《てっぽうず》のあたりに、どざえもんがあがった。浅草の賭場《とば》近くに住む金貸しだった。……おめえたちが見たのは、おそらくその男が殺されたところだな」

小平治は低い声でいった。

「やつらは素人じゃあねえ。人を斬るのを何とも思っていねえやつらだ。ヨネの後をつけ……顔を見たふたりをまとめて消そうとした。そっちのふたりも、当分は気を付けてもらわねぇとな。……ったく、絵師はどこにいっちまったのか。手配が早いほど賊を捕えられる見込みが高くなるっつうのに。こうしてる間にも賊はとんずらを決めこんでるだろうよ。……まいったな」

小平治が口をひき結んだ。

吉は真二郎の袖《そで》をひき、小声で話しかける。

「なぜ、真二郎さんが似顔絵を描かないんですか」

「似顔絵師の仕事を奪《うば》うわけにはいかねえ」

真二郎は低い声でいった。

「あれほど親分が焦っているのに？」

「似顔絵師はそれで食っているんだ」

「賊が捕まらなきゃ、あのふたりがまた狙われるかもしれないんですよ。あたしも、真二郎さんも斬られてしまうかもしれないんですよ」

真二郎はしばらく天井《てんじよう》をみあげ、それから観念したように懐手をといて小平治を見た。

「筆と紙をおかりできますか。人相書きを描かせていただきます。申し遅れましたが、私は風香堂の絵師をしております」

「それは願ってもねえことで。お願いできますかい」

真二郎は、まず、吉が見た男の似顔絵を描いた。

頬骨が張ったキツネ顔の男の顔が紙の上に浮かび上がる。カミソリで切ったような鋭い目、夕暮れに飛ぶこうもりのような形をしたあざ……男の顔を見たときの恐ろしさが吉に蘇《よみがえ》る。

真二郎は、ヨネと鶴吉に話を聞きながら、もうひとりの賊の顔も仕上げていく。

こちらは骨太でがっちりとした顎を持つ男だった。やや垂《た》れ気味の目は、ねめつけるような暗い光を放っている。

「ふたりの親が、まもなくこちらに来るそうです」

下っぴきが小平治に伝えると、ヨネの目にまた、涙がみるみる浮かび上がった。

「おとっつあんとおっかさんに、どんな顔をして会えばいいのか……」

こんな目にあい、さらに両親に鶴吉との本当のことをうちあけなければならないヨネを、吉も気の毒だと思わないでもない。

だがヨネは事態がわかってないとも吉は思う。

ヨネと鶴吉が黙したために、男たちは野放しになり、ふたりは命を狙われ、真二郎と吉まで巻き込まれた。そして、男たちは今も江戸のどこかに潜《ひそ》んでいて、次の機会を狙っている。

「あのとき、いっそ死んじまえばよかった……」

畳《たたみ》につっぷして、ヨネは泣き始めた。

吉はたちあがり、湯呑《ゆのみ》にお茶を注いで、みなに配った。

憎まれ役になるかもしれないと思ったが、ふたりの前に湯呑を置き、吉は口を開いた。

「親にほんとのことをいうのが怖いんでしょ。親が反対していた鶴吉さんとつきあっていて、こんな目にあったんですもの。娘にだまされたと、親が怒るのは当たり前だと思いますよ。話も簡単にはすまないでしょう。だけどしょうがありませんよ。自分のしたことなんですもの」

ヨネは、涙にぬれた頬を指で押さえながら不審そうに吉の顔をしげしげと見上げた。

「死んじまったら、つまんないですよ。おヨネさんは、鶴吉さんと別れる気など、毛頭ないんでしょう。鶴吉さんと、共白髪《ともしらが》まで生きて、仲良く連れ添いたいんでしょ」

「……生きて連れ添う⁉」

「ええ。おヨネさんと鶴吉さんの気持ちがおんなしなら、何も怖いことはありゃしませんって」

最初に賊を見たときと同じように、ぐずぐずとなかったふりをしても、ことはおさまらない。話がこんがらがって、よけいにごちゃごちゃしてしまうだけだ。親がどうしてもふたりのことを許さないのなら、大喧嘩《げんか》をすればいい。駆け落ちでもなんでもしたらいいと、吉はいった。

それから吉は、持っていた風呂敷を開いた。中の包みに紅白の饅頭が並んでいた。まず、桜色の饅頭《まんじゅう》をとりだし、懐紙《かいし》に載せてヨネにさしだした。鶴吉の前には白の饅頭をおいた。

小平治と下っぴき、真二郎にも饅頭を配った。

祝いの席で配られるのが、紅白饅頭だ。読売を届けたついでに、吉は青林堂でこの紅白饅頭を求めてきた。『青梅の滴』があれだけ繊細《せんさい》な味わいなのだから、定番の饅頭もきっとおいしいだろうと、吉は光太郎や真二郎、絹の分もふくめひとり紅白一組と勘定してそれぞれ四個ずつ、買ってきたのだった。

「おヨネさん。鶴吉さん。甘いものを食べると、気持ちが落ち着きますよ。よかったら、召し上がってくださいな……めでたい紅白饅頭を今日、あたしが持っていたのも何かのご縁《えん》かもしれません。ふたりが一緒になれますように、これからも無事に暮らせますようにと願をかけて召し上がってみてください」

吉も胸の前で手を合わせ、鶴吉とヨネが一緒になるのが幸せなら、そうなりますようにと心の中で祈った。

それから饅頭を持ちあげ、いただきますと小さくつぶやき、吉は口に入れた。皮は薄いが、もちもちしている。こしあんはさらさらとした甘みで、さすが『青梅の滴』の青林堂だと思わせる上品さだった。

「……ああ、おいしい……」

思わず、吉はひとりごちる。

「……ほんとにおいしい」

桜色の饅頭をほおばったヨネの口から、ぽろりと言葉がこぼれる。

「うめぇなあ」

鶴吉がうなずく。

それを機に、真二郎と吉は自身番を後にした。

小平治は、ふたりに、賊に襲われるかもしれないので、人気《ひとけ》のないところは歩かないようにといった。

大通りを、風香堂に向かって歩きながら、吉の口からため息が何度も漏れた。

なんて日が続くんだろうと愚痴のひとつもこぼしたくなる。

昨日は、雷電屋の娘にくってかかられ、今後、雷電屋の娘には気を付けろと光太郎にくぎをさされた。

そして今日は、人殺しをしかけている現場に行き合わせ、賊の顔を見てしまった。賊はまんまと逃げおおせ、今後、吉も賊に命を狙われる危険があるとまでいわれた。

どんどん、窮地に追い詰められているような気がする。

ヨネのことも気になった。

ぱっちりと開いた瞳《ひとみ》、指でつまんだようなちんまりとした鼻、ヨネは人形のような顔立ちをしていた。親にとっては目の中に入れても痛くない娘だろう。

鶴吉もすっきりと整った顔立ちの男だ。鼻筋が通っていて、唇の線が柔《やわ》らかい。こちらも親の自慢の息子のはずだ。

ふたりは、今ごろ、親と対峙《たいじ》しているだろうか。親は必死になって、娘や息子に相手と別れて出直せと説得にかかっているかもしれない。

親にだって言い分はあるだろう。たいていの親は娘や息子にわざわざ意見などしたいと思わない。そして、できることなら子どもにも上機嫌で暮らしてほしいと願っているはずなのだ。

だが、親と子で、求めるものが違うことがあり、親が、あるいは子がこうしたいと思っても、人生、やり遂げられることばかりではない。

けれど、ヨネと鶴吉が本気で相手と連れ添いたいと思っているなら、何か方法はあるのだろうとも吉は思う。

それとも、自分に親がもういないから、そんなふうに思えるのだろうか。

「この一件は、おれから、清一郎さんと光太郎さんに話しておく」

風香堂の前で真二郎はいった。

光太郎が留守だと聞いて、真二郎は二階の奥に入っていく。その後ろ姿を見ながら、もし真二郎があのとき賊との間に飛び込んでこなかったら、自分は賊に刺され、もうこの世にいなかったかもしれないと改めて思い、吉の体が震えた。

まもなく光太郎が戻ってきた。絹は書を教える日なのか、まだ姿を見せない。

「売れ行きはまあまあだな……なんだ、お吉、顔色がわりいぞ。何かあったか」

「……へ、へぇ……」

「まあいいや。……ほら、これ」

光太郎はそういって吉に包みをふたつ手渡した。光太郎が挨拶がてら中村座に顔を出すと、菊五郎から、源寿庵の『紅躑躅』と青林堂の『青梅の滴』を手土産《てみやげ》にと渡されたという。

「これって……」

「菊五郎の贔屓筋が、みな、この菓子を求めに走り、次々に差し入れたらしい。楽屋に『青梅の滴』と『紅躑躅』の包みが積みあがっていたよ。とてもじゃねぇが食い切れねぇ、火元のお吉さんに持って帰っておくれと、菊五郎からの伝言だ」

「まあ……すみませんでした」

読売に書くのは、こういうことなのだと、また教えられた思いがした。

「で、次は誰を考えているんだ？」

「南総里見八犬伝の曲亭馬琴先生はどうでしょうか」

光太郎は顎をつるりとなでる。

「おめえは、八犬伝は読んでるか」

「へえ。でもそれ以外のことは皆目……」

すると、光太郎は、読売本の作者に関してはその作品を読んでいればそれでいいといい、ぽつりぽつりと、馬琴のことを語って聞かせた。馬琴は、ひとり息子で医者の息子一家と神田明神下《みようじんした》に住んでいるという。

「息子は宗伯《そうはく》という医者でな、先年、陸奥国《むつ》梁川《やながわ》藩出入りの医者になったらしい。馬琴先生もあれで、相当な親ばからしく、大喜びをしたって聞いてるぜ」

「親は南総里見八犬伝の人気戯作者、息子は藩医……たいしたもんですね。それにしても、あの話、いつになったら終わるんでしょうか。待ちきれなくって」

「次の八犬伝の発行は二年後だそうだ。それでも半分までにもいきつかねぇらしい。おれが生きているうちに最後まで読めるやらどうやら……」

光太郎はふっと苦笑し、目を泳がせた。

そのときだった。下から野太い声が聞こえた。

「山本《やまもと》真二郎さんはいるか。上田《うえだ》鉄五郎《てつごろう》だ」

「上田⁉」

光太郎は顔をひきしめ、階段を下りていく。吉もそっと階段の上から下をのぞき、息を呑んだ。

黒の紋付羽織に縞の着流し姿の男が立っていた。その姿から定町廻《じようまちまわり》同心だということがわかる。真二郎よりちょっと背が低いが、よく締まった体つきをしている。その後ろには、豆大福のような顔の、御用聞きの小平治が控えていた。

今朝の稲荷神社のあのことだと、吉はそろりそろりと階段を下りた。

真二郎に、上田は顔をほころばせた。

「てぇへんなところに行き合わせたそうだな」

「ああ。とんでもねぇことに巻き込まれちまった。だが、あの男と女が無事でよかったぜ」

定町廻同心の上田と真二郎は知り合いらしかった。上田は真二郎を真さんと親しげに呼び、くつろいだ調子で話している。

「真さんが駆け付ける前に、男と女に加勢して、賊に石つぶてを矢継《やっ》ぎ早に投げた女がいたっていうじゃねぇか」

「お吉か。ここの書き手だよ」

「そうなんだってなぁ。匕首を持っている賊に向かっていくたぁ、見上げた女《じょ》丈夫《じょうふ》だ」

「火事場のクソ力、向こう見ずともいう」

真二郎が渋い声でいう。光太郎をはじめ、清一郎たちが、階段の途中で話を聞いていた吉を、呆《あき》れた顔で見つめた。

「石を投げた？　賊に？　おまえが？　本当か」

光太郎がぎょろ目をいっそう見開いた。吉は思わず目をふせる。

「…へ、へえ……」

「いってえ、何の話だ」

だが、光太郎の言葉は上田の声に打ち消された。

「お吉さん。おまえさんがいなかったら、ヨネと鶴吉は今ごろ生きちゃいなかっただろうよ。ふたりにかわって、礼をいう」

顔をあげた吉の目に、頭を下げている上田がうつった。後ろの小平治も膝の上に手をおいて、腰をかがめている。

「そ、そんなもったいない。どうぞ、お顔をあげてください」

上田は顔をあげると、にこっと笑った。顎が張り、眉が太く、唇が厚い。丈夫そうな白い歯が見えた。

「だがなぁ、おまえさんたちが自身番から帰った後、娘の父親と、男の母親が引き取りに来てひと悶着《もんちゃく》あってな」

助かってよかったと親たちが涙を流したのもつかのま、娘に婿《むこ》養子をとると決めていた親と、しかるべきところから嫁《よめ》を迎えるつもりのふたりの親が真正面からぶつかった。こんな男とつきあっているから危ない目にあったのだといえば、いや、そっちの娘に息子はたぶらかされたと、かみつく。

一方、なんとしてでも一緒になると、鶴吉とヨネがいいはり、ヨネは泣き崩れ、鶴吉は親をにらみつけ、上田と大家と書役が総出で、なにごとも命あっての物種《ものだね》、今日はとりあえず和《な》やかにおさめてくれとなんとか説得して、帰ってもらったという。

「今ごろ、それぞれの家で大騒ぎだろうよ。ありゃ、前途多難だな」

上田はそういうと、懐から二枚の人相書きを出した。真二郎が描いたものが、早くも刷り上がったらしい。

「さすが、お上《かみ》の御用だぜ。早いし、なかなかの出来栄えだ」

真二郎は人相書きを眺めながら感心したように首をふる。

早速、このうちのひとりの素性もわかったと上田はいった。

「ずいぶん手まわしがいいじゃねえか」

「つきがあったのさ。たまたま、小平治のところにやってきた浅草の宗兵衛《そうべえ》という岡っ引きが、この人相書きを見て、元鳥越町《もととりごえ》の口入屋《くちいれ》・常盤屋《ときわ》の用心棒のひとりだといったんだ」

キツネ顔の男の人相書きを上田は指さす。

「宗兵衛は、これほどよくできた人相書きは見たことがねぇとほめちぎっていたぜ」

常盤屋は評判のよくない口入屋だという。江戸に出てきたばかりの男や、賭場に出入りしている男たちをだまして、娘や妻を安い値段で買い、吉原《よしわら》や岡場所に売り飛ばしたりするのは序の口で、人さらいをしているという噂《うわさ》まであった。

真二郎が目を細めた。

「口入屋の用心棒が賭場の近くにある金貸しを殺したとなると……後ろにはその口入屋、常盤屋がいるってことになるだろうな」

「臭《にお》うだろ。常盤屋の前に、土地の者たちを張り込ませた。だがつかまえるまでは安心できねぇ。お吉さんも、真さんも用心だけはしてくれ」

「へぇ」

吉は頭を下げた。

人相書きを二枚、風香堂の前に張り、知っている者がいたら、すぐに知らせてくれと言って、上田は出て行った。

「真さん！　ちょっと上に来てくれ」

光太郎が声を張り上げた。吉にも、顎をしゃくる。

「どういう次第か、話してもらおうか」

光太郎がどっかりとあぐらをかき、懐手で尋ねた。自分が何も聞かされていないのに、清一郎が事情をわかっていたのが、癇《かん》に障っていることがありありと見て取れる。

ふたりは光太郎に尋ねられるまま、今朝の出来事を詳しく話した。

「この事件の顚末《てんまつ》は下の読売で扱うんだな」

聞き終えた光太郎は真二郎に訊いた。

「先に清一郎さんにお話ししましたので。賊がつかまったらの話ですが」

「ふぅ〜ん」

光太郎の口がへの字になる。不愉快だと顔に書いてある。だが、それも一瞬で、すぐに表情が変わった。

「よし、娘と男が、夫婦になったら、それはこっちでまとめるか。……お吉、そんときゃ、おめえが書け」

「あ、あたしが、ですか。……でもあたしはお菓子のことだけだって……」

「もちろん菓子の読物は書き続けてもらう。しかし人間、甘いものばっかり食っていたら、いつか飽きるだろ。辛《から》いものもほしくなる。辛いものを食べれば、甘い菓子がよけいにうまくなる。読物もおんなしだ」

「……あたしは甘いものばっかし食べても飽きませんけど……」

口の中でつぶやいた吉の声は、光太郎には届かなかったらしい。

「親に反対されて、舟でしっぽりあいびき中に、人殺しを目撃するなんざ、そうある話じゃねぇ。悪党どもに命を狙われ、自身番で親同士がばったり顔をあわせ、そこで大喧嘩。それを乗り越えて夫婦になるとなったら、雨降って地固まるを地でいく話になるぜ。ま、それもすべてお上が一味をとらえて、それぞれの親が首を縦《たて》にふればのことで、今んところは、捕《と》らぬ狸《たぬき》の皮算用《かわざんよう》だがな」

はははと笑う光太郎を、吉はうらめしげに見た。ヨネと鶴吉には幸せになってほしいが、そのためにやっかいごとに巻き込まれるのは願い下げだった。

吉は、菊五郎から届けられた大量の菓子を、清一郎の手下の読売書きや読売売りにも配った。日ごろは、女の書き手なんてとんでもねえと、吉に冷たい目を向けていた男たちが子どものように頬をほころばせた。

「おっ、うまそうだな」

「さすが菊五郎、乙粋な菓子だねぇ」

甘いものは、かたくなな男たちの心の扉をも開くと、吉はしてやったりという気持ちになったが、それも一瞬だった。食べ終わった男たちはまた、吉などいないようにふるまい始める。それはそれ、これはこれ、なのだ。

今日はもう仕事になりそうにないと、吉は思っていたが、そうは問屋がおろさなかった。

「そうだ。お吉。おめえ、馬琴先生に聞き取りのお願いにいってこい。先生の家までは、人通りが多い道だし、今日の今日で、賊に襲われる心配はさすがにねえだろう」

光太郎はそういって、その場で聞き取りを依頼する馬琴への書状を書いて、吉に手渡した。

馬琴の家は、神田明神下の宗伯の診療所の奥にあった。診療所は繁盛しているらしく、開け放たれた扉の内側には、何人もの患者が並んでいる。

その脇の狭い路地を入った奥に、こぢんまりとした仕舞屋《しもたや》が続いていた。玄関の前には手入れの行き届いた小さな庭が設けられている。

あいにく馬琴は不在だったが、光太郎の書状を差し出すと、女中は馬琴が朝はたいてい在宅しているから、明朝訪ねてくればいいと耳打ちしてくれた。

神田まできたついでに、吉はずっと気になっていた、松五郎の兄弟弟子が開いた翠竹堂と、緑風苑を訪ねるために、浅草と向島まで足を延ばした。その水羊羹《ようかん》をなんとしてでも食べてみたかった。


風香堂に戻ったときには、すっかり日が傾《かたむ》いていた。

光太郎に、明朝、馬琴を訪ねるということを報告し、それから包みを開いた。

「旦那《だんな》さん、真二郎さん、水羊羹、いかがですか」

筆を握っていた真二郎にも声をかける。

「今日は紅白饅頭と菊五郎さんの菓子を食べたからなぁ。そんなに食えねぇよ」

「おれだって『青梅の滴』を一時にみっつも食っちまったんだぜ」

光太郎も顎をなでながら天井を仰《あお》いだ。

「そんなこと、おっしゃらずに。水羊羹ですから、別腹《べつばら》ですよ」

気乗りがしなさそうなふたりの前に、吉は翠竹堂と緑風苑の水羊羹とお茶をおいた。

「誰かがこの水羊羹を推《お》しているのか」

「そういうわけじゃないんですけど、ちょっと……どうぞご遠慮なく、これはあたしのおごりです」

「そういわれたら、食べねぇわけにはいかねえな。真さんも手を休めたらどうでい」

真二郎が筆をおき、気のなさそうに水羊羹を見つめる。

「お吉さんが働き始めてから、やたらに甘いものが増えてますな」

「仕事が仕事だからな。でもって、自分でもよけいに買ってきちまうんだから恐れ入谷《いりや》の鬼子母神《きしもじん》だ。……ん、これもなかなかうまいな」

光太郎が水羊羹を口にいれて、目を見開く。吉が笑顔でうなずいた。

「へぇっ、どちらもきめが細かくて、本当に丁寧に作ってありますね」

水羊羹を食べはじめた真二郎も、まんざらでもなさそうな表情になる。

さらりとして上品な味わいのところがふたつの水羊羹には共通していた。

だが松緑苑の栗羊羹の味わいと似たところはない。残念ながら、このふたつとも團十郎の思い出の水羊羹ではないと、吉は小さくため息をついた。

「嬉しそうな顔をしたり、真剣な顔をしたり。おめぇが菓子を食っている顔は、菊五郎じゃなくても、見飽きねぇや」

光太郎は、吉の顔を見て噴《ふ》き出した。

その四　病膏肓《やまいこうこう》

曲亭馬琴の座敷に通された吉の目が丸くなった。

この朝、吉はひとりで馬琴を訪ねていた。真二郎に声をかけたが、絹とともに聞き取りに行くからと、断られてしまったのである。

吉を驚かせたのは、ずらりと並べられている鳥かごだった。板べりの縁側に二重三重に鳥かごが積み重ねられている。鴨居《かもい》からも鳥かごがいくつもぶら下げられている。

それぞれの籠《かご》の中に、小鳥が数羽ずつ入れられていた。

並みの鳥屋以上の数だ。

ピ、ピ、ピ、ピヨ、ピピピ……。

人の気配《けはい》を感じて、小鳥たちはいっせいに啼《な》きだした。

江戸にはウグイス、メジロやコマドリなどを飼って楽しむ人が少なくない。

吉の長屋近くの寺の境内《けいだい》でも、鳥の啼き声の美しさを競う「啼き合わせ」などがしょっちゅう開かれている。隣の長屋の住人が飼っていたウズラの啼き声が「ご吉兆《きっちょう》」と聞こえると、賞金をもらって大騒ぎになったこともある。

「いや、こいつらの世話もひと仕事でな……」

鳥かごの間から、頭をつるりと剃《そ》った好々爺《こうこうや》が不意に顔を出した。

慣れた様子で手に持った餌箱《えさ》に、ふ〜っと息を吹きかけ、粟《あわ》の殻《から》を庭に向けて吹き飛ばす。

「お忙しいところ、申しわけありません。風香堂からまいりました吉と申します」

馬琴は聞こえていないかのように、餌箱に粟をつぎたし、鳥かごにもどす。また別の籠から餌箱をとりだし、ふぅ〜とやる。それが終わると、また次の餌箱にとりかかった。それが四半刻（約三〇分）も続いただろうか。吉はしびれをきらして、もう一度、馬琴に呼びかけた。

「昨日、主人・光太郎の書状を持参いたしましたが、お読みいただけましたでしょうか」

「……好きな菓子《かし》のことが聞きたいってか」

餌箱を戻しながら、馬琴は低い声でいう。

「へぇ……」

「……そんな読物、おもしれぇのかね」

振り向きもせずにいう。その間も、ピピ、ピヨピヨ……小鳥たちは盛大に啼き声を響《ひび》かせている。

「きれぇだろ。うちの金糸雀《カナリア》は姿も喉《のど》もいい……」

金糸雀はオランダ人によって、オウムや文鳥《ぶんちょう》、インコなどと共に長崎《ながさき》へもたらされた鳥である。

「これ全部、金糸雀なんですか」

「ああ」

「金糸雀といえば、淡い黄色だとばかり思っていましたが」

籠の中の小鳥は淡い黄色のものが多いが、白に近いものや、黄みの濃いもの、赤みがかったものもいる。形もぱっと見には同じようにも見えるが、よく目をこらすと、少し体がおおきいものや、頭の羽が巻き毛のようになっているもの、尻《しっ》尾《ぽ》がわずかに長いものなど、やはりさまざまだった。

「はは、全部、金糸雀でぇ」

ようやく、餌箱の掃除《そうじ》が終わったらしく、馬琴は座敷に座った。

「いったい、何羽、いるんでしょう」

「百羽はくだらんな……」

馬琴は、ため息まじりにいった。

はじめに手に入れたのは四羽だったといった。

ところが毛色や形や啼き声が違う鳥が欲しくなって、馬琴は次々に買い求めた。いつしか夢中になり、十羽増え、二十羽増え、三十羽増え……ついには自《みずか》らかけあわせもやるようになり、卵を抱かせ、雛《ひな》を育て、気がつくとこうなっていたという。

「おいらたち物書きの仕事は、座りっぱなしだ。小鳥でも飼えば気晴らしになるし、啼き声が聞こえれば朝早く起きて養生《ようじょう》にもなると思ったんだが……生きもんだからねぇ。水も飲めば、餌も食う。食えば毎日クソをする。それをほったらかしにしてると病になる。だから掃除してきれいにしてやらなきゃなんねぇ。風も通してやりたい。雨にもあてられねぇ。成鳥になれば結構丈夫なんだが、雛は弱くてな、巣立つまでは火鉢《ひばち》に炭《すみ》をいれてあったためてやったりもしないと、あっけなくおっ死《ち》にやがる……」

当初は、家族も小鳥の世話を手伝ってくれていたが、餌のやり方など口うるさく注文をつける上に、際限《さいげん》なく数を増やす馬琴に手をやき、ついに、そっぽを向いてしまった。今では馬琴ひとりで面倒をみているという。

「こいつらを狙《ねら》ってきやがるヘビや猫を追っ払うのも、ひと仕事だ」

「……まあ……」

「こうみえて賢《かしこ》くてね。追い払ってくれというときは、ピピピピと甲高い声で啼いて、おいらに知らせるんだよ」

目に入れても痛くないという表情で、馬琴は続ける。

「出かけるときや夜はちゃんと中にしまってやらねぇとなんねぇから、日に何度も籠を出したり入れたり……」

女中がお茶を運んできた。湯呑《ゆのみ》を持ち上げた馬琴は、あっと叫《さけ》び、ちっと舌打《した》ちをした。

「なにやってんだ。熱いじゃねぇか」

馬琴は女中を怒鳴りつけた。

「うちで使っているのは上等なお茶なんだ、せっかくの茶葉にいきなり熱湯を注ぐ馬鹿がいるか、台無しにしやがって。何べんお茶の淹《い》れ方を教えればいいんだ。ったくもったいねぇじゃねぇか……」

馬琴はこんこんと言葉を重ねた。だが、女中は説教され慣れているのか、退屈《たいくつ》そうに聞いている。

その様子を見ながら、金糸雀の世話から撤退したという家族の気持ちも吉はわかるような気がした。いっていることはもっともでも、こんなふうにくどくどいわれるのでは、たまったものではない。

ひとしきり女中に説教し終えると、馬琴はもう一度湯呑を持ち上げ、ぐいっと飲み干した。

「まずいっ」

また文句をいわれてはたまらないのだろう。女中はさっさと退散していく。馬琴は顔をしかめて、立ち上がる。

「あ、あの……」

「せっかくだがな、帰ってくれ。日差しが強くなってきた。これから籠の場所を替え、水を替えてやらなきゃなんねぇ。菓子の話なんてしてる暇《ひま》はねぇんだよ」

「……そんな……」

「そんなもくそもねぇ。さぁ、帰った、帰った」

縁側のほうに歩きながら、吉を追い払うように手をふった。

「あ、あの、金糸雀の世話が終わりましたら、お話しいただけるんでしょうか」

馬琴は返事もしない。

吉は、胸元からたすきをとりだすと、さっと袖《そで》を縛《しば》り、立ち上がった。

「お手伝いいたします」

馬琴は立ち止まり、振り向いて吉を見た。

「粘《ねば》っても無駄だぜ。好きな菓子の話なんぞして、それが読売《よみうり》に載《の》ってみろ。その菓子がうちにあふれる。版元《はんもと》も句会《くかい》仲間も、八犬伝の贔屓《ひいき》も、こぞって菓子を届けてよこすだろうからな。金糸雀の籠の脇《わき》に、菓子の包みがどんどん積み重なるのが見えるようだぜ」

菊五郎の楽屋で起こったことをまるで見てきたかのように、馬琴はいった。

「そんなことになってみろ。いくら好きなもんでも、菓子なんざ、腹いっぱい食べるもんじゃねぇや。もったいねぇからと、一日にいくつも食う羽目になったら、たちまち嫌いになりさがる。せっかく好きだったものが嫌いになっちまう。悔《くや》しいじゃねぇか、そんなの。……わかったら、帰れ」

「あの……何をいたしましょうか」

吉はさりげなく、金糸雀の話に戻した。ここで馬琴と読売の話をしても、らちがあかないだろう。だが、馬琴は吉の思いなど、とうにお見通しという顔をしてみせる。

「おいらのいったことを聞いていたな。菓子の話はしねぇ。聞いてないとは言わせねぇ。それでもいいなら、手伝うのは勝手だ」

「へぇ」

「まず、籠を移すのを手伝ってくれ」

強い日差しから守るように、馬琴は鳥かごをひとつひとつ移動しはじめた。吉も籠に手をかける。

「それは、そっちじゃねぇ。もっと奥に。……次はそれを。あっちに。……あ、それは触らないでおくれ。おいらがやるから、今、この鳥は雛を育ててるからな。……ああ、それはそのままでいい。……違う違う、そっちだ……ああ、こっちこっち……」

馬琴は遠慮なく、やかましいばかりにこまごまと指示を飛ばす。

籠を移動し終えると、今度は吉に、井戸端においてある古い空《から》の桶をふたつ持ってくるように命じた。馬琴はひとつの桶に水入れの残りの水を捨て、もうひとつの桶に空になった水入れをつみあげていく。桶が水でいっぱいになると、庭木にかけ、水入れは井戸水できれいに洗うようにいった。

馬琴にいわれるまま、躑躅《つつじ》と沈丁花《じんちょうげ》の株《かぶ》もとに水をまき、吉は井戸に向かった。馬琴がその後からついてくる。

「柱《はしら》にぶら下げてある切り藁《わら》を使って、器《うつわ》をこするんだ」

藁を切り揃《そろ》え、真ん中でぎゅっと縛った切り藁で、吉は鳥の水入れの隅々《すみずみ》まで、きゅっきゅっと手際よく洗った。いわれずとも、汚れた水は庭木の株もとにまで運んで、無駄にしないようにまいた。

洗い終えると、吉は水入れを座敷の縁側まで持ち帰り、桶の水をひしゃくで注ぎ入れた。馬琴は、手拭《てぬぐ》いでその水入れの外側をふき、ひとつひとつ、籠にそっと戻す。

一所懸命、作業する馬琴を見ていると、なんだか、吉は楽しくなってきた。ついにはくつくつ肩を震《ふる》わせはじめた吉を、馬琴は不審げに見た。

「何を笑っているんでぇ」

「いえ、なんでも……ただ」

「ただ、なんだ？」

「へぇ……夢中になっていらっしゃる馬琴先生は、ほんとに金糸雀がお好きなんだって……」

「ふぅ〜ん。それがおかしいか」

「いえ……とてもお幸せそうに見えて……失礼申しました」

頭を下げた吉を、馬琴はおもしろいものをみつけたような目で見た。

「おいらも相当変だが、おめえも変わってんじゃねぇか」

金糸雀の世話を終えた馬琴は、それじゃといって、奥に姿を消した。これから八犬伝の続きを書くという。

馬琴の家を出た吉は、その朝売り出された読売を届けに駒吉の置屋《おきや》と本町の花輪に立ち寄った。

駒吉は湯屋に行って不在だったが、置屋のおかみは読売を見ると、また駒吉の贔屓が増えると喜んでくれた。

本町の花輪には、すでに読売を手にした客が行列を作っていた。

花輪で販売するかりんとうは、一日あたり四〇匁《もんめ》入りが八〇袋と決まっている。この様子ではあっという間に売り切れてしまうだろう。行列に並んでいるのは、女が多かった。駒吉のあでやかさにあずかろうとしているのかもしれない。吉が行列を眺《なが》めていると、店から丁稚《でっち》が出てきて、入り口に『当店のかりんとうは、一日八〇袋、販売しております。数に限りがございますので売り切れの際はご容赦ください。　花輪　店主』と書かれた紙を張り付けた。

万町が近くなると、読売売りの威勢《いせい》のいい声が風に乗って聞こえてきた。

「さあ、て〜へんだ〜、てーへんでい！　三日前、湯島天神の境内の芝居《しばい》小屋で、大酒を食らった男が、突如《とつじょ》、刀を抜いて暴れ出しやがった。相手は酔っ払いだ。理屈なんざ通用しねえ。狭いところでむやみやたらに刀を振りまわしやがって、誰も近づけねえ。芝居小屋はたちまち阿鼻叫喚《あびきょうかん》の巷《ちまた》になっちまい、我先にと人が逃げ出した。そこに駆け付けたのは、待ってました日本一！　鳶《とび》の頭、いや、その後家《ごけ》のおよしときたもんだ。一〇年前は湯島小町として知られていたのが、このおよし。今は多少年増《としま》にはなったものの、滅法《めっぽう》いい女であることは変わらねえ。およしが一計を案じ、男からさくっと刀を取り上げて一件落着とあいなったが。この読物、読まねえと損《そん》するぜ。男なら頭がくらっとする艶《つや》っぽい話だ。さぁ、買った、買った、買ったぁ〜〜っ」

「今、巷で評判になってるのが絵師・渓斎英泉の辰巳芸者三人娘。その中でも、切れ長の色っぽい目、ぽってりした口元、抜けるような色の白さ、鈴《すず》をふるような甘い声で知られるのが駒吉でぇ。江戸中の男たちの胸を騒がし、女たちの羨望を一身に集めるその駒吉が、これがなくちゃ、夜も日もあけねぇというものは何か。知りたかったら、この読売を買ってくれ。さぁ、一部四文でぇ」

人が読売売りに集まっている。その様子を見ると、吉の胸がいっぱいになる。自分が書いたものを人々が銭を払ってまで、読んでくれるということが、嬉《うれ》しくて仕方がない。読物に目を通した人が、駒吉があのかりんとうを食べている姿を思い浮かべ、味わいを文字から感じて、ちょんのまでもゆったりとした心持《こころもち》になってくれたら、と、吉は思う。

風香堂に戻ると、光太郎も真二郎も絹も出払っていて、二階には誰もいなかった。

吉は、文机《ふづくえ》の前に座り、頬杖《ほおづえ》をついた。

駒吉の読売がでたのだから次の読物の聞き取りに、すぐにでもとりかかりたい。しかし、今のままでは馬琴からは菓子の話を引き出せそうにない。

　馬琴のいうように、読売でとりあげられればよかれあしかれ、大騒ぎになる。菓子屋にとってはいい客寄せになるが、確かに馬琴が得をすることはあまりなさそうだ。

　何か馬琴に迷惑がかからないとりあげ方はないのだろうか。それがわかれば、説得できるかもしれないと考えたが妙案《みようあん》はみつからなかった。


　午後になり、ますます日差しが強くなった。吉が日よけのすだれを半分だけおろしたとき、下から男の声がした。

「およし姐《あね》さんのことを書いた読売屋はここかね」

「へい。どんな御用で」

「それを書いた女はいるかい」

「ああ……二階だ。二階で訊《き》いておくれ」

　清一郎のおもしろくなさそうな声が聞こえたかと思うと、ひとりの若い男がタッと二階に上がってきた。

　手拭いで鉢巻《はちまき》をし、腹当ての上に、絵模様のある半纏《はんてん》をはおっている。ひと目で、鳶だとわかった。男は文机に座っている吉を見て、目に険《けん》を浮かべた。

「おめぇか、女の読売書きってのは」

「……さいですが」

「ちょいと、顔を貸してくんな」

「えっ……」

「この読売のせいで、こちとら、えらく迷惑してんだ」

読売を手に持ち、すごんだ声でまくしたてる。吉はあっけにとられた。

「人に迷惑をかけて、知らんふり、挨拶《あいさつ》もねぇってのは、なんぼなんでも、道理が通らねぇんじゃねぇのか」

「……も、申し訳ありません」

わけもわからないまま、吉は手をつき、頭を下げたが、男はおさまらない。

「人に言われてはじめて謝る、そりゃぁ、了見《りょうけん》ちげぇだろ。でえいち俺に謝られてもしかたねぇや。ちょっと湯島まで来てもらおうか」

「えっ、あたしがですか？」

「おめえ、読売に記事を書いてんだろ」

「へえ……」

「この読売に書いたのも、おめぇだな」

「……へ、へ、へぇ……でも」

「まったく胸糞《むなくそ》悪い女だな。つべこべいわず、早くこいや」

うつむいた吉に、男はいらいらと舌打ちをした。

とても、自分はおよしの読物は書いていないと言える雰囲気《ふんいき》ではなかった。それに、そんなことをいっても、この男の気が済むとは思えない。よけいに頭に血を上らせそうだ。

吉は言葉を飲み込み、男の顔を見てうなずいた。

「……まいります」

お吉は「およしさんのところに挨拶《あいさつ》に行ってきます」と書き残し、風香堂を後にした。

強い日差しが町に降《ふ》り注いでいた。そのせいで、家の屋根が白っぽく見える。

男の足は速く、たちまち、吉の額《ひたい》に汗《あせ》が玉になった。

湯島のおよしの家の前に着いた吉は、驚きで目を瞠《みは》った。老若男女《ろうにゃくなんにょ》が幾重《いくえ》にも家を取り巻いている。

「ごめんなせぇよ」

人をかきわけるようにして進む男について、お吉は玄関に足を踏み入れた。

入ってすぐは広い土間になっており、土間の奥に仕切られた板の間に、鳶の男たちが数人集まっていた。壁には、半纏や纏《まとい》など、鳶の七つ道具がずらりと並んでいる。

左側は庭に続いていて、その奥に庭に面した座敷が見えた。

「こんなに人が集まっているなんて……これじゃ、大変ですね」

「他人ごとみてぇにいってんじゃねえや。……姐さんの顔を見てぇとあとからあとから集まってきやがる。姐さんが姿を現わすと、声をあげるわ、手を叩《たた》くわ……外に出ることもできゃあしねぇ」

男は吉をにらみ、ため息をついた。馬琴が危惧《きぐ》したのと同じようなことがここでも起きていると吉は思った。

「誰でぇ、その女は」

「読売を書いた女さ」

板の間にいた男たちが苦々しい顔で立ち上がり、次々に土間におりてくる。

「こいつがか」

「ったく、冗談じゃねぇや」

「両国広小路の見世物《みせもの》じゃねぇってんだ」

男たちに取り囲《かこ》まれ、吉はすくみあがった。

そのとき――。

「おめぇたち、何を騒いでいるんだ」

女にしては低い声が聞こえた。

粋《いき》な太縞《ふとじま》の着物を着て、くし巻きにした髪に太い髷棒《まげぼう》をさした姿のいい女が庭から中に入ってきた。あっ、と吉の口から声が漏《も》れ出た。およしだとひと目でわかった。読売の、真二郎の絵に瓜《うり》二つだ。男たちがしんと静まる。

「姐さん、読売を書いた女を連れてきやした。自分がしでかしたことを、その目でみてもらわねぇと」

風香堂に来た男がいった。吉は頭を下げた。

「このたび、読売でご紹介したために、こんな騒ぎになってしまって……」

「ちょいとお待ち。誰だえ、あんたは」

およしの切れ長の目が、二度三度しばたたかれた。

「風香堂の、お吉と申します」

「あたしはおまえさんなんざ、知らないねぇ」

「…………」

およしは男に向き直った。

「おめえもそそっかしい男だ。あの読物を書いたのはこの人じゃあないよ」

男が、ええっとのけぞる。

「したって、この女はこの読売に書いたっていったんですよ」

男は読売をぐいっと吉につきだす。

「おめえ、俺にウソをついたのか」

「ウソなんかついていません。風香堂の読売を書いています。……およしさんの読物は書いていませんけれど」

なんてこったとつぶやいた男の口がゆがんだ。

ふうっとおよしが息を長くはき、頭を下げたままの吉を見た。

「娘さん、顔をあげておくんなさいな。こうなったのは、風香堂さんのせいじゃない。自分のしでかしたことだから、しかたないのさ」

「けど姐さん、あんな書かれ方をしなかったら、ここまで」

男はまだ納得していない表情で食い下がる。

「読売にウソは一個も書いてない、そうだろ。ま、人の噂《うわさ》も七十五日《しちじゆうごにち》っていうし。そのうちあたしのことなんざ、忘れてくれるだろうさ」

およしはからっといって、吉の手をとった。一筋縄《ひとすじなわ》ではいかない鳶の男たちを、一声でまとめる肝《きも》っ玉の太さと包容力がおよしから感じられる。

「それで、別の娘さんを引っ張ってきたとはねぇ。おまえさんには迷惑をかけちまった」

「いえ……およしさんの大変さを思ったら……」

吉を連れてきた男におよしは目をやる。

「この娘さんに、いうことがあるんじゃないかい」

促《うなが》され、男は一歩前に出ると、腰を折った。

「……人違いをしちまった。あいすまねぇ」

「あ、顔をあげてください。あたし……ここにきてよかったと思っていて」

「ここにきてよかった……どうして」

およしが怪訝《けげん》そうに吉に訊いた。

「……うまくいえないんですけど……」

おずおずと吉が話し出す。

「およしさんの武勇伝も……人の口から人にと伝わったんじゃ、ここまで大ごとにならなかった。……読売に書いたから、これだけたくさんの人が押し掛けている。それは鳶の兄さんがおっしゃる通りです。読売を生業《なりわい》にするあたしは、そういうことをわかっておかなきゃなんないって……」

「あんたはおかしな女だね」

くすっと笑いながらおよしが言う。

馬琴に続き、およしにも、おかしな女といわれた。日に二度、同じことをいわれるなんて、それこそおかしなことだと、吉は思った。

「おとなしそうに見えるのに鳶の男たちにもひるまないし」

およしがあきれたように言い添える。

「そんな……ここに入ってきたときは、おっかなくて、膝《ひざ》が震えていました」

一瞬、口ごもり、観念したようにつぶやいた吉に、およしは鼻の頭にしわをよせて笑った。

「一昨日来たのはえらく権高《けんだか》な女だったし、こっちはたすきをかけて働くのが似合うような……一体全体、あんたはどんな読物を書くんだい？」

「へえ、あたしはまだ見習いで……これまでに書かしてもらったのは、菊五郎さんのお気に入りの『青梅の滴』と『紅躑躅』というお菓子の読物と、およしさんの読物の脇に載っていた辰巳芸者の駒吉さんのかりんとうの読物だけでして」

ぽんと、およしが手をうった。

「あの、かりんとうの話。あれかい、あれをあんたが書いたのか」

「へえ」

「あれを読んで、あたしも久しぶりにかりんとうが食べたくなったよ。あんた、甘いもんが好きなのかい？」

「それはもう……」

思わず、ほころんだ吉の顔を見て、およしはまた笑った。およしは、上がり框《かまち》に腰《こし》をかけるよう、吉を促す。それからお茶をさしだした女中にいった。

「お吉さんに、あの水羊羹《みずようかん》を出してあげておくれ」

「水羊羹ですか⁉」

顔をあげた吉に、およしはゆっくりうなずく。

「前田さまの上屋敷の前の菓子屋のものでね、滅法界もなくうまいのさ。でも今月で、これもしまい。溶姫さまのお輿《こし》入れのために、残念至極《しごく》、その店も取り壊されちまう」

絹が書いた家斉の五二番目の子どもの誕生という記事を思い出した。

その記事には続きがあり、年頃になった将軍の娘や息子の落ち着き先となる大名たちも大変だという内容だった。中でも、本郷にある前田家は、輿入れが決まっている将軍の娘・溶姫のために、『御守殿《ごしゅでん》』と豪華な丹塗《にぬ》りの門を建設中で、その通りの向かい側《の》に当たる本郷五丁目の半分と六丁目の古びた民家は目障《めざわ》りだという理由で立ち退きを迫《せま》られているという話だった。

菓子屋もそのうちの一軒なのだろう。亭主が菓子を作り、おかみさんがひとりで売り子をしている小さな店だとおよしはいう。

「年はとってるが、なかなかきれぇなおかみさんだよ」

それは笹《ささ》の葉にのせられた水羊羹だった。

ほんのり笹の香りがする。

口にふくむと、澄《す》んだ甘味が広がり、歯に柔《やわ》らかい小豆《あずき》が優しく当たり、舌でつぶれた。

なめらかにこされた小豆と、ふっくら炊《た》きあげられた小豆。ふたつの味わいが一度に楽しめる趣向だ。

そして最後にふっと、ある香りが鼻に抜けた。

「これ……」

吉の表情が変わった。もうひと口、目をつぶって食べる。さらにもうひと口……。

およしは感心したように吉を見つめている。

「これほど、真剣な顔で、水羊羹を食べる人を、はじめて見たよ。……なるほど、菓子のことを、読売に書いているだけのことはある」

およしのつぶやきは、吉には聞こえていない。

吉は食べ終えると、およしに向かって身を乗り出した。

その頬は紅潮《こうちょう》し、目は生き生きと輝き始めている。

「およしさん、このお店を教えてもらえませんか」


その店は、加賀藩上屋敷の大御門の手前の角を左に曲がってすぐのところにあった。間口一間半。「旬《しゅん》」という店名を染め抜いた藍《あい》のれんが揺れている。

店から先は急な下り坂で、この坂を上ってきた人が一休みできるようにという気づかいだろう。店の前に長床几《ながしょうぎ》がおかれていた。

吉が店に入ると、五十がらみの女が出てきた。

「いらっしゃいまし」

髪は白髪《しらが》交じりだが、およしのいうように、端整《たんせい》な顔立ちをしている。刷毛《はけ》で掃《は》いたようなすっきりした眉《まゆ》、小さな口元、切れ長の大きな目の縁《ふち》には、なんともいえない色気があった。

「あの……水羊羹を」

店の中には、「水羊羹一個五文」と書いた紙が貼られている。

「おいくつさしあげましょうか」

「五つ入りをふたつお願いします」

「残りは五つだけで……今日はこれでしまいなんです」

女は眉間《みけん》にしわを寄せて、すまなそうに首をすくめた。

「それなら、あるだけ、包んでもらえますか」

「へぇ、ただいま。……よろしかったら、床几に座ってお待ちくださいまし」

女は薬缶《やかん》から湯呑に麦湯《むぎゆ》を注ぎ、床几に座った吉の前に置いた。

そして手際よく経木《きょうぎ》に笹の葉を敷き、水羊羹を包んでいく。

「作っているのは、水羊羹だけですか」

湯呑を持ちながら、吉は聞いた。

「へえ。この時期は。職人が亭主ひとりなものですから。……お見かけしないお顔ですが、遠くからおいでですか」

「およしさんのところで、たった今、この水羊羹をいただいて、本当においしくて、その足でこちらに」

「まあ、それはそれは……およしさんにはいつも御贔屓にしていただいているんですよ。このたびは読売で評判になり、大変なようですね」

女は案外話し好きのようだった。

包みを吉に渡すと、女はそっとのれんをはずした。

「今月で店じまいをなさると聞きましたが」

「へぇ。かれこれ三十年近く、ここで商いをさせてもらいましたが……これも時の流れというものかもしれません」

女は寂しげに微笑《ほほえ》んだ。

店を後にした吉は、大事そうに包みを携《たずさ》え、芳町を目ざした。

中村座の前は、芝居見物の人たちでいっぱいだった。

「おい、こんなところで何やってんだ」

いきなり後ろから声をかけられて振り向くと、真二郎が立っていた。お吉はあわてて、腰をかがめた。

真二郎は聞き取りに行った帰りで、風香堂に戻るという絹と別れ、ひとりで中村座の『東海道四谷怪談』の人気ぶりを見に来たという。

「聞き取りはいかがでしたか」

真二郎は口をへの字にして、首を横にふる。

油問屋豊春《とよはる》の主《あるじ》の治平《じへい》は猫好きで、三匹の猫をかわいがっていたが、そのうちの一匹が行方《ゆくえ》知れずとなった。治平は仕事もほっぽりだし、猫が無事に戻ってくるようにと修験者《しゆげんじや》に加持祈禱《かじきとう》を頼み、易者《えきしや》に居場所を占わせ、出入りしている雇《やと》い人足に猫探しを頼んだ。

だがそれでも見つからず、ついに猫を連れ戻してくれた人に懸賞金《けんしようきん》三両を出すとふれをだしたのがひと月前のことだという。

「さ、三両ですか!」

女中の一年の給金が一両ちょっとだから、猫一匹に三両とは途方もない金額だ。

「その猫が、昨日、ふらりと家に戻ってきたんだ」

「まあ。よかった」

「それが、何の変哲もない普通の猫でな……化《ば》け猫とまではいかなくても、恐ろしくぶさいくな猫とか、狸《たぬき》ほども太った猫とか、しゃべる猫とか、油問屋だから夜な夜な油をなめる猫とかじゃなきゃ……」

「……そんな猫、いるんですか」

吉は口に手をあててくすくす笑う。いずれにしても、ただの猫じゃ読売には載せられないと、手ぶらで戻ってきたと真二郎は、苦い顔でいった。

「人が、なんでまた、と驚くようなものがないと話にはならねえよ」

「でも、豊春のご主人にとっては、そのなんでもない猫が大切だったんですね」

「ったく、人騒がせな話だ」

猫のことで口をとがらせた真二郎が吉はおかしくてならない。真二郎は吉を軽くにらみ、また何のためにこんなところにいるのかと先ほどの問いを繰り返した。吉は包みを持ち上げた。

「團十郎さんに、これを食べていただこうと」

「もしかして、水羊羹か」

察しよく、真二郎がいった。

「もしかしたら、と思いまして……」

團十郎は出番前で取り込んでいるというので、吉はその場で「思い出の水羊羹かもしれません。本郷の旬という名の店のものです。どうぞ召《め》し上がってみてください。風香堂　吉」と書き添え、團十郎の付き人に手渡した。


芳町を後にして、吉と真二郎は、親父《おやじ》橋を渡った。ふたつ目の橋、荒布《あらめ》橋を渡ると、照降《てりふり》町に入ると、人波はすっと少なくなった。日本橋川沿いの河岸《かし》に立ち並ぶ白壁の土蔵も、夕日に赤く染まりはじめていた。江戸橋を渡れば、風香堂はすぐだ。

吉は真二郎の二、三歩後を歩いた。不意《ふい》に、真二郎が口を開く。

「賊のひとり、元鳥越町の常盤屋の定吉《じょうきち》という用心棒《ようじんぼう》をとらえたと、同心《どうしん》の上田から連絡があった。鳥越橋近くに住む女の長屋に潜《ひそ》んでいたそうだ」

吉の足が止まった。

「よかった……これであのふたりも安心して町を歩けますね。あたしたちも」

「いや、もうひとりの賊《ぞく》はまだとっつかまっていねえから安心はできねぇ。それに、あとひとりとも限らねぇ。常盤屋には、用心棒が他にもいるんだ」

吉の首筋が冷たくなる。稲荷神社で、匕首《あいくち》をふるっていたふたり組の全身からは、人を殺そうとする、すさまじい邪気が放たれていた。そんな物騒《ぶっそう》な男が今も、江戸に潜んでいて、顔を見てしまった自分や真二郎やあの男女を再び狙うかもしれないのだ。

風香堂に着くころには、日はだいぶ傾《かたむ》き、あたりは黄昏《たそが》れはじめていた。絹と光太郎もすでに帰宅したらしく、もう姿はなかった。

日が暮れても、町の熱気はそのままだった。

蒸《む》し暑い江戸の夏が始まりかけている。

賊のこともあり、念のために真二郎が吉を送るというので、ふたりで楓川の海賊橋を渡り、松平和泉守《いずみのかみ》の屋敷を左手に見ながら、歩いた。石垣と高い塀《へい》に囲まれた屋敷はすでに闇《やみ》に包まれている。

ふと、水羊羹のことを吉は思い出した。今頃、團十郎さんは水羊羹を食べているだろうか。それが思い出の水羊羹だったら……團十郎はどんな顔をするのだろう。笑うだろうか。それとも……。

「どうしたんだ、思い出し笑いなんかして」

真二郎がそういった直後、ふたりは行く手を阻《はば》まれた。

抜身《ぬきみ》の匕首を握《にぎ》ったふたりの男が前から近づいて来る。振り向くと、退路をたつようにもうひとりの男が後ろで匕首を構《かま》えていた。

「ずいぶん、物慣れているやり方だな」

真二郎が静かにいう。

男たちは答えない。男たちはみな、頰かぶりをして顔を隠している。

真二郎は刀の鯉口《こいぐち》をきりながら、体の向きを変え、吉を後ろ手でかばうように屋敷の塀に寄せた。

すぐ近くのはずなのに、海賊橋のたもとの灯《ひ》が驚くほど遠くに見える。吉の全身の肌《はだ》が粟立っていた。

きらっと、真二郎の刃が光った。

「抜いたぞ！」

ひとりが怒鳴《どな》り声をあげた。刀を構えた真二郎を前に、男たちは少しだけ後ずさる。だが、また、じりじりと近づいてきた。

「お吉、動くんじゃねぇぞ」

そういうと同時に、真二郎は男たちの間に躍《おど》り込んだ。

なだれ込むように突っ込んできて匕首を突き刺そうとする男の肩を真二郎は目

にもとまらぬ速さで打った。

さらにくるりとまわり、後ろから斬りかかってきた男の脇腹を打ち付ける。

もうひとり斬り込んできた男の腿《もも》を峰《みね》打ちで打ち据え、匕首を跳《は》ね飛ばした。

提灯《ちょうちん》の灯が近づいてきたのはそのときだ。その灯の持ち主は、同心の上田たちだった。

上田は憤怒《ふんぬ》の表情で、転がっている男たちを確かめると、賊に縄《なわ》をかけるように、下っぴきに命じた。

「真二郎さん、お怪我《けが》は？」

吉の声がかすれている。

「大丈夫だ。そっちは」

「あたしも……無事です」

とっさにそういったものの、吉は立っているのがやっとだった。

上田は真二郎に向き直った。

「見事な峰打ちだ。こいつらは、賊の片割れと三味線《しゃみせん》堀から逃げたやつらだ」

真二郎にうなずき、上田は縄をかけた男のひとりを指さした。似顔絵にしたもうひとりの男だった。男は目を血走らせ、ぺっと唾《つば》をはく。真二郎はふっと息をはいた。

「……まさかいきなり襲われるとはな。ひとりとっつかまったんだ。残りのやつらはてっきり尻尾をまいて、江戸から姿を消しているだろうと思ったが……」

上田が月代《さかやき》をつるりとなでる。

「こいつらは、ものごとをそういうふうに考えられねぇんだ。三味線堀にいた三下の話から、真さんを襲うことがわかってな」

「なんでおれなんだ」

「人相書きを描いた男を生かしておいちゃ、仲間に示しがつかねぇってよ」

「面目《めんもく》ってやつか……馬鹿だな、そんなもんのために。死罪が待っているってのに」

皮肉たっぷりに真二郎がいう。

「馬鹿じゃなきゃ、人殺しなんてこたぁしねえよ。人を殺して、逃げおおせる者は多くねえ。死罪で自分の命もなくなると決まってるんだ。割に合わねえってことがわかんねぇひょうたくれなんだよ」

上田は、今、常盤屋にも地元の御用聞きが張り込んでいるともいった。

「何かまた、わかったことがあったら、教えてくれ」

「あいよ。ほら」

上田は提灯を真二郎に渡し、くるりと背中を向けた。縄をかけた賊を下っぴきと共に引きたてて歩いていく。だが途中で、上田は歩みをとめて振り向いた。

「……真さん、お母上が家に顔をだせっていってたぞ……たまには行ってやれよ」

真二郎は答えない。上田はそれを見越していたようで、返事を待たずに去っていく。

上田を見送ると、真二郎は吉に目をやった。

「さあ、けえるぞ」

「へ、へぇ……」

そういった瞬間、吉の唇《くちびる》がゆがみ、頬にぽろぽろ涙が伝い落ちた。あわててたもとをすくいあげ、吉は顔を隠した。

泣いている顔を、真二郎に見られたくない。涙がこぼれるのは、恐ろしかったからなのか、ほっとしたからなのか、自分でもわからない。

「泣きっ面は、似合わねえな。泣きっ面が絵になるのは、瓜ざね顔の美形の女だけだ」

ぼそっと真二郎がいい、すたすたと歩きだした。いくらなんでも、その言い方はないだろうと、吉はかちんときた。

「瓜ざね顔じゃなくて、悪うござんしたね」

「悪かねえさ。顔立ちは人それぞれだ。泣かなきゃいいんだ。気にするな」

真二郎はへろっといって、歩く速度を上げる。その後を早足で追いかけながら、吉はますますむかっ腹《ぱら》が立ってきた。

「もう、なんて人！」

いつのまにか、吉の涙は止まっていた。


その晩、吉はなかなか寝付けなかった。さまざまなことが起こり過ぎて、頭の中はごちゃごちゃになっている。

人殺しとその仲間に襲われた。瞼《まぶた》を閉じると、匕首のぎらっとした鈍《にぶ》い光が目の前に蘇《よみがえ》り、体に震えが走る。もう男たちはつかまったのだから、心配することはないのだと自分にいいきかせても、怯《おび》えは去ってくれない。

馬琴の家に行ったものの、金糸雀の世話を手伝っただけで、聞き取りのきっかけさえつかめなかった。

およしの手下に引っ張られるようにして湯島の家に行き、読売を読んで集まった人たちを見た。そして、あの水羊羹に出会った。そして團十郎の思い出の水羊羹ではないかと、中村座に届けた。

はっとして、吉は寝床から起きあがった。とぉんと帖に旬の水羊羹のことを綴《つづ》ることをすっかり忘れていたことに気がついた。

「今日食べたものは今日のうちに書き留めないと……」

吉は行灯《あんどん》に火をいれ、とぉんと帖を取り出し、墨《すみ》をすりながら、あの味わいを思い出した。

他の雑念をおいやり、一心に旬の水羊羹の味覚に集中する。

柔らかな笹の香り、澄んだ甘味、なめらかなこしあんと、舌でつぶれるふっくらした小豆、そして最後の香り……。

上質な素材を使い、丁寧に手間をかけて作られた味だった。

ひとつの水羊羹の中に、こしあんと小豆の、歯ざわりと舌ざわりの異なるものがうまく調和している。

吉は自分の気持ちがだんだんと落ち着いてくるのを感じた。

とぉんと帖を書き終えると、甘い水羊羹の味わいだけを思い出しながら、吉は寝床に入り、目をつぶった。

「まあ、今日も来てくださったんですか」

旬のおかみは、打ち水する手をとめて、吉を見つめた。朝日が、おかみの優しげな顔を明るく照らしている。その朝、吉は早起きをして、風香堂に出る前に旬を訪ねた。

「へえ」

吉は恥ずかしそうに首をすくめ、水羊羹をまた五個、注文した。

店は隅々まで、すがすがしいまでに掃除が行き届いている。奥に続く廊下の床板も磨《みが》き上げられ、とろりとした艶がある。

この店がなくなってしまうのは惜しいという気持ちが吉の中でますます膨《ふく》れ上がる。

「他の場所で、店をお続けになるお気持ちはないんですか」

よけいなことと思いつつも、吉は訊かずにいられなかった。

「……うちの人が後のことは考えず、最後の日まで一心に菓子を作りたいっっていうもんですから」

　ふっと微笑んだおかみの白い顔にぽっと朱《しゅ》が差す。その表情から五十を過ぎても、相手のことを思いやる気持ちが伝わってくる。こんなふうに、素直に人を思うことができるおかみが、吉にはちょっとまぶしく見えた。


　吉は、旬を後にすると、神田明神下の馬琴の家に向かった。馬琴は、今朝《けさ》も相《あい》
変《か》わらず、金糸雀の世話に明け暮れている。

「無駄足だといったたろ。何べん来てもらっても、おらぁ、菓子のことなんざ、
話さねぇよ」

　粟の殻をふ～っと吹きながら、馬琴はけんもほろろにいう。

「……わかっております」

「なら、何で来た」

　馬琴は振り返って、吉を見る。

「おいしい水羊羹を食べていただきたくて……」

「水羊羹だと？　どうでもいいよ、んなこと。早く世話を終わらさねぇと」

「お手伝いさせていただきます」

吉は立ち上がり、たすきをかけ、前掛けをかけた。

井戸端から両手に桶を持ってきて、昨日同様、水入れの水を一方の桶にあけ、もうひとつの桶に水入れを入れていく。桶が水でいっぱいになると、庭木の株もとに注ぐ。それから井戸端に腰を据え、切り藁で水入れを丁寧に洗った。桶もまた切り藁できれいに磨きあげ、片方の桶には洗い終えた水入れを、もう一方にはきれいな水を汲み、ひしゃくと、きっと絞った手拭いを携え、座敷の縁側に戻る。水入れにひしゃくで水をいれ、まわりの水滴を手拭いで拭き、吉は縁側に並べた。

馬琴はそれを次々に、籠に戻していく。やがて馬琴は手の甲で額の汗をぬぐった。

「これで夕方までは仕事ができらぁ。このごろじゃ、版元まで、金糸雀の世話はいい加減《かげん》にして、八犬伝を書けってやいのやいのいいやがる」

「お茶にしませんか。今日はあたしがお茶を淹れさせていただきます」

吉は前掛けで手を拭きながらいった。返事も待たずに水屋に行き、女中に断りを入れて、たっぷりした湯呑をふたつ出してもらう。

しゅんしゅんと沸《わ》いていたお湯を、湯呑に注ぎ入れ、冷めるのをじっと待った。急須《きゅうす》に緑茶の葉をひとつかみ入れる。それから、湯呑のお湯をゆっくり注ぐ。蓋《ふた》をして、葉が開くのを待ち、湯呑に交互に回し注ぐ。最後の一滴まで注ぎ終えると、皿に載せた水羊羹とともに、盆《ぼん》に載せ、座敷に運んだ。

馬琴は湯呑をとると、鼻によせて香りを確かめ、ゆっくり口に含んだ。吉も湯呑を手にした。口に含むと、爽《さわ》やかな緑茶の香りが鼻をくすぐり、適度な渋みと旨《うま》みが口の中に広がり、甘味が喉もとを過ぎていく。

「それにしても、でっかい湯呑に入れてきたもんだ。まあ、喉が渇いているからら、面倒がなくていいや」

馬琴は湯呑を見て苦笑する。

「お吉といったか。おめえ、茶を淹れるのがうめえな」

目だけを吉に向けて馬琴はいった。

「子どものころから菓子屋で働いておりましたから」

「菓子屋で……なるほどな。菓子には茶がつきものか」

「へえ。お茶と菓子は夫婦《めおと》みたいなものでございます」

「うめえことというじゃねぇか……それがなんで今、読売屋で働いているんだ」

吉は、長年、働いていた松緑苑が店を閉じることになり、風香堂の光太郎に書き手にならないかと誘われたことを話した。

「しかしまあ、畑違いのところに、ずいぶん、思い切ったもんだぜ」

「どうぞ水羊羹も、召し上がってください」

眉をあげながら、馬琴は水羊羹の皿をとった。黒文字《くろもじ》でひと口に切り、口に入れる。

「……ん……」

無言で、せっせと黒文字を動かし、馬琴は最後のひと口を食べた後、余韻《よいん》を味わうように軽く目を閉じた。それから低い声で「うめえな」といって目を開けた。

「なんでぇ、おめえは食べねえのか」

「へっ」

吉は言葉を飲み込み、それからくすっと笑いだした。馬琴がおいしそうに食べるのに見とれていた。水羊羹のすべてを味わいつくそうとする馬琴に吉は親しみを感じずにはいられない。

もう一度馬琴に促されて、吉は水羊羹を食べた。

ああ、この味だと思う。昨日、食べた味。とぉんと帖を書きながら、寝床に入りながら、何度も思い返した味……。

腕《うで》組みをした馬琴が吉の顔をのぞきこみながら、ふっと笑った。吉ははっとして居住《いず》まいを正すと、からになった湯呑を盆にのせ、立ち上がる。

「……お茶を淹れなおしてまいります」

水屋で、今度は小さめの湯呑に、やや熱めの、濃いお茶を注いだ。

「……ん……上等！」

二杯目のきりっとしたお茶で口の中をさっぱりさせた馬琴はそういうと、部屋に戻っていった。

もう馬琴の話を聞くのをあきらめたほうがいいのだろうか。でも、金糸雀をみればわかるように、馬琴はあれほど凝《こ》り性なのだ。それに水羊羹をあんなにうまそうに食べたのだ。菓子を嫌いなわけがない。

きっと、好きな菓子があり、こだわりがある。そう思うと、吉はあきらめきれなかった。

風香堂に戻ると、絹が筆《ふで》を走らせていた。

吉の姿を見た瞬間、絹がすっくと立ち上がった。きれいな弧《こ》を描いた眉が吊《つ》り上がっている。

「お吉さん、これはどういうことなんですか」

絹は、昨日、およしのところにいくときに吉が書き残した半紙をさしだした。

「どういうことって……」

「およしさんのところに挨拶に行ったというのは、ほんとですか。何をいいにいらしたの？」

「……あ、あの……」

「挨拶って何ですか、説明していただけますか」

かみつかんばかりに、絹はまくしたてる。

真二郎が階段をあがってきたのはそのときだ。

「突っ立ったまんま、ふたりで何やってんだ。話すなら、座ったらどうでぇ」

真二郎に促され、絹は目を三角にしたまま、その場に正座すると、吉の顔をにらむようにしてここに座るようにとばかり、とんと前の畳《たたみ》を手で打った。

絹の勢いに気圧《けお》されながらも、読売でおよしのことが評判になり、一目、およしを見ようと大勢の人々がおしかけてきて困っていると、鳶の男がやってきたことを、吉は順を追って話した。

「それで、いわれるまま、のこのこ出かけて行ったというわけですか」

「……あの切羽《せっぱ》詰まった顔を見たら……どんなことが起きているのか、この目で見たほうがいいって思って……」

「私、あの読物に、恥《は》じるところは一点もありません。だいたい、あなたが、どうして首をつっこむのか。その了見もわかりません」

「……あ、あの、そんなふうにはいえないんじゃないでしょうか……あたしも読売を書いているんですから……」

絹にきつい目でにらまれたが、吉はひるみそうになる心を奮《ふる》い立たせていった。

「まあ、見習いの分際で、知ったようなことをいって」

「あ、……あの、およしさんの家に入るのにも、人を押しのけて進まなければならないほど、たくさんの人が集まっていました。お絹さんの読物を読んで、どんな女の人か、本当に真二郎さんの絵に描かれたような美人かと、見に来ていたんです。とてもじゃないけれど、あの様子では、およしさんは家から出ることさえできないだろうと思いました。用事もあるだろうし、風呂屋にもいかなければならないのに、およしさんの暮らしに支障がでているんだってわかりました」

およしの家に着いたときの驚きを思い出しながら吉はいった。このことを、絹にも伝えたかった。だが絹は顎《あご》をくっとしゃくる。

「そりゃ、そうなるでしょうよ。読売で、およしさんはすっかり江戸の人気者になったんですから」

「でも、およしさんは人気者になりたいなんて思っていなかったと思うんです。ですから、あたし、やっぱり申し訳ないような心持になって……読売でご紹介したために、こんな騒ぎになってしまって……といいました」

「謝ったっていうの？ 冗談じゃない。謝らなければならないことなんて、一切、書いていないのに」

絹の目が三角になっている。

「……ただお気の毒だと思って……そしたら、およしさんは、自分がしたことだし、人の噂も七十五日というから、しょうがないといってくれました」

「ほらね。およしさんはわかっているんですよ。鳶の男たちを束《たば》ねている女丈《じょじょう》夫《ふ》だから。あなたが行くまでもなかったんです」

絹は吉を見下すように見た。吉は言葉を探しながら続ける。

「……でも、だからといって、書いたあとは知らないということでいいんでしょうか。それにおよしさんのようにいってくれる人ばかりではないんじゃないとも思うんです。……迷惑だと思ったり、いやだと思ったり、怒ったりする人もいるって。読売に書くときにはそういうこともわかっていなくちゃいけないって」

「いったい、あなた何がいいたいの？」

急に何かがこみあげてきて、気がつくと、吉は鼻をすすっていた。泣きっ面は似合わねえなと昨日、真二郎がいったことを思い出し、必死で涙をこらえる。

「いやだ。いい年をして、泣いたりして。あなたがよけいなことをしたからこうなっているのに、まるで私が……」

「……そうじゃなくて……」

「ばかみたい。迷惑がられたり、怒られたり、人を傷つけるかもしれないってことも呑み込んで、覚悟して書くのが、読売ってもんじゃない？　それもわからずにあなたがこの仕事をしようとしていたということのほうが、私には驚きだわ」

絹のいうことはもっとものように聞こえるが、やっぱりそれは違うという気がした。

確かに、吉はそんな覚悟がいるとまで考えていなかった。そこを甘いと憤《いきどお》る絹の気持ちはわからないわけではない。

けれど、人を傷つけたり、悲しい思いにさせるかもしれない読物を、吉は書きたいとは思わない。読んだ人が甘いものを食べて幸せな心持になるような、そんな読物を書きたいと、風香堂に飛び込んだのだ。

「……あたしが書くのは、お菓子の読物だけですから……」

その瞬間、絹が鼻で笑った。

「あら、菓子の話をたまに書くだけで、暮らせるだけのお給金をもらえると思ってるんですか。今は見習いで、書き手として使えるかどうかを光太郎さんが見定めているときでしょうから、のんびりやらせてもらっているんでしょうけど、今後、そうはいきませんよ。風香堂にお吉さんが勤めるようになって、何日が過ぎましたか。それで書いたのは何本？　確か、菊五郎の読物と駒吉さんの読物の二本だけよね。その間に、私や一階の書き手が何本書いたか、真二郎さんがどれだけの絵を描いたか、ご存じですか」

ぴしゃりといった。絹は畳みかけるように続ける。

「甘いものの話を毎日毎日、読売を買ってまで読みたいという人はそういないんじゃないかとも思いますけど。菓子の読物を載せない読売を発行するときは、あなたは遊んでいるおつもり？」

吉は返す言葉が見つからない。

「そういうことに思いをはせられないのは、お吉さんが他人にいわれるまま動くことに慣れ切って、自分の頭で考えてこなかったからじゃないですか」

吉は頭をがつんと殴られたような気持ちになった。

畳の目を見つめながら、吉は唇をかんだ。光太郎にいわれるまま動いているというのは確かに絹のいう通りだ。

「お絹、言い過ぎじゃねえか」

真二郎がたまりかねたように口をはさんだ。

「あら、真二郎さんは武家ですから、それも与力のご子息だから、おわかりにならないんですよ。下々の町人の女のことは」

「……真二郎さんが与力の……」

吉は顔を上げて、呆然とつぶやいた。

「ご存じなかったの？　お兄様は、町奉行の片腕としてご活躍ですよ」

「そ、そうだったんですか……」

それなら同心の上田と親しいのも、当然だ。今も剣術道場に通《かよ》っていて、剣の腕が立つのも納得がいく。

「とにかく、迷惑千万なんです。あなたは私の仕事の邪魔《じやま》をしたんです」

絹は決めつけるように言い続ける。

吉はまばたきを繰り返しながら、手をついた。

「……お絹さんのおっしゃる通りなのでしょう。……ご迷惑をおかけしてしまったこと、申し訳ありませんでした。また、いろいろ教えていただいて、ありがとうございました」

吉は声を振り絞るように、とつとつといった。自分がぼんくらに思えて仕方がない。

「……謝れば済むということでもないと思いますが……とにかく、今後、私の記事に首をつっこむのはやめにしていただきます」

絹はそういうと立ち上がり、文机の前に戻って行った。

「……ちょっと、外に出てまいります」

いたたまれず、吉は誰ともなしに断りをいれると、風香堂を後にした。

雨はあがっていたが、いつ降り出すかもわからない曇《くも》り空だった。

人や駕籠《かご》、荷車が行きかう青物《あおもの》市場を抜け、吉は日本橋の手前で右側に折れた。白壁の蔵屋敷と、小舟がたくさん浮かぶ日本橋川の間の道を、ゆっくり歩く。

江戸橋で、欄干《らんかん》にもたれながら、吉は川に目をやった。流れは静かでも、働く人が大勢集まる、江戸のど真ん中を流れる川だ。舟のこぎ手や、はしけで舟から荷をおろす人足たちの威勢《いせい》のいい掛け声がいつも通り響いている。

湿気をふくんだ生暖かい風が、吉の頬をなでていく。かすかに潮《しお》の匂いがするのは海風だからだ。

菊五郎の読物を書きあげ、光太郎がこれでよしといったとき、震えるほど嬉しかった。駒吉の読物を書いているときには、自分と駒吉がどこか似ているような気がして、筆を進めるのが楽しかった。

もう逃げないと決めて、毎日張り切って動いているつもりだった。

だが、絹のいう通り、まだ読物は二本しか書き上げていない。

次にと思った馬琴は話をしてくれる気はさらさらなさそうだ。高砂の聞き取りもとん挫《ざ》した。また新しい相手を見つけ、それがとんとんと進む保証などどこにもない。

いつまで、光太郎はこんな自分が書き手として一人前になるのを待ってくれるのだろう。だめだと見なされたら、風香堂から放り出されてしまうのだろうか。

菓子の読物さえ、こんなに苦戦しているのに、絹のように様々な読物を書かなくては、一人前の給金はもらえないのだろうか。

情けなく、とても惨《みじ》めな気がした。

いつも、自分はそうなのだ。うまくいっている、よかったと思った次の瞬間、何もかも失ってしまう。

幼いころ、火事から逃れ、一家全員助かったと喜んだのもつかの間、中に取り残された子どもがいると聞いて、父親は燃え盛る家の中に飛び込んでいった。赤子の泣き声を聞いたと母親も助けに行ってしまった。長屋が柱ごと崩《くず》れたのはその直後だった。

長次と将来をいかわし、やっと自分の家族が持てると思った矢先、長次はあっさり吉を捨てて家付き娘に走った。

そして、読売を書くのがおもしろいと吉がちょっとだけ思いはじめたとたんに、このざまだ。もう泣きたくなんかない。それなのに、吉の目に涙がにじんだ。

そのときだった。

光太郎が懐手《ふところで》をして、橋を渡ってきた。

「おう、お吉、馬琴先生から話は聞いたか」

「……へぇ……」

赤い目を気にしながら、吉は首を横に振った。

「簡単にはいかねぇことはわかってたぜ。……出入り禁止になったか」

意外な言葉が光太郎から飛び出したことに驚き、吉は顔をあげる。

「出入り禁止⁉」

「なってねえのか」

馬琴は、気に入らない人間をすぐに出入り禁止にすると光太郎はいった。話の途中で、塩をまかれて、家から追い出された人までいるという。

「そういうお人だったんですか」

「ああ。金箔《きんぱく》つきのわがまま男だ。出禁になってないとすると、脈《みゃく》があるかもしれんな。よし、もう少し、粘ってみろ。だが、もうひとり、聞き取りの相手を考えて、そっちも同時に進めたほうがいいな」

「……へぇ……」

「さ、けえるぞ」

光太郎に、もっと聞きたいことがあるような気がしたが、吉はそっと目元をぬぐうと、その後を追い、風香堂に戻った。

絹は何事もなかったように、文机に向かっている。真二郎は一階で清一郎の仕事をしているようだった。

吉も文机に向かって、次の聞き取りの相手のことを考えはじめたが、気持ちが落ち着かず、まったく考えが浮かばない。

「旦那《だんな》さん。町に出てきてよろしいでしょうか」

光太郎はうむと吉にうなずいた。

「行ってこい。女たちが集まっている店をのぞいてこい。男が世の中を動かしているようでいて、実はそうじゃなかったりする。女の気持ちをつかむものが、てえげえ流行《はや》るんだ」

通りに出ると、吉は京橋のほうに歩き、紺屋町を目指した。そこにいきさえすれば「その年の浴衣《ゆかた》や手拭いの流行がわかる」といわれるのが紺屋町だ。

だが、南伝馬町《みなみてんま》二丁目の角でふと右の小路をのぞいたとき、吉は懐《なつ》かしい顔を見つけた。妹の加代が赤ん坊を背に負《お》ぶい、一軒の店の行列に並んでいた。

「お加代っ」

「えっ、姉ちゃん⁉」

　子どもをふたり産んだとは思えないほっそりとした身体、小さな顔に涼《すず》し気なひとえ瞼《まぶた》、白肌の両頬がほんのり赤く染まっている。加代は、子どものころから器量よしと評判だった。

「あんた、何してんの。こんなとこで」

　加代はいたずらを見つけられたかのように首をすくめ、一昨日前から売り出された美人水の評判を聞いて駆け付けたと、白状した。三歳の長女は姑《しゅうとめ》に頼んできたという。

　美人水はヘチマの水で作られていて、これを湯上がりに塗ると、肌のきめが整《ととの》い、白粉《おしろい》ののりもよくなるといわれる。加代は昔から、話題になったものや新発売というものに、目がなかった。

「美人水なんて、いつだって売っているじゃないの」

「姉ちゃん、それがただの美人水じゃないの。特別な布袋《ぬのぶくろ》に入っているのよ。その袋がすごいって評判なの」

「袋⁉」

「あの浮世絵《うきよえ》師・歌川国芳が袋の絵を描いているんだもん」

国芳は、「江戸に国芳あり」と称《たた》えられた天才浮世絵師だ。

作品は武者絵、役者絵、美人画、風景画から戯画《ぎが》、春画《しゅんが》、判《はん》じ絵、風刺《ふうし》画まで多岐《たき》にわたる。手法の多彩さも群を抜き、伝統的なものから西洋絵画の遠近法を用いたもの、あるいは落書き風のものや目の錯覚で立体的に見えるもの、観る角度で印象が変わるものなども発表している。

中でも猫や金魚、タコなどを擬人化した作品は国芳の十八番《おはこ》だった。

その国芳の絵が美人水の布袋に刷《す》られているというので、発売三日目でこの行列だと加代は幾分、自慢げに話した。

これまでだったら、自分には関係ないと、「それじゃ、また」と通り過ぎたところだ。だが、吉は咄嗟《とっさ》に頭をめぐらせた。こんなとき、光太郎ならどうするだろう。絹だったら……。

「お加代、背中の赤んぼ、重いでしょ。そこの床几に腰をかけて待ってなさい。姉ちゃんが代わりに並んで美人水を買ってあげるから」

吉は傍《かたわ》らの床几を指さした。加代は手を胸の前でふる。

「え、そんな無理しなくてもいいよ。仕事中なんでしょ。あ、遅くなったけど、新しい働き口、決まっておめでとうございます。読売の書き手見習いとしてがんばるって文をもらったときは、姉ちゃん、どうかしちゃったんじゃないかって思ったけど、すごく元気そうで、ほっとした。姉ちゃん、文章を書くの、昔から好きだったもんね」

妹の加代と弟の太吉にだけは、文を言付《ことづ》け、風香堂で働きだしたことを伝えていた。

「加代にそういってもらえると百人力だわ。ますます姉ちゃんも袋入りの美人水がほしくなった。流行りものに首をつっこむのも、仕事のうちみたいだし」

「……ほんと？」

「ほんとのほんと！」

赤ん坊を背負っていた加代が嬉しさのあまり、ぴょんと飛び跳ねた。

床几に座り、背中からおろした赤ん坊をあやしている加代の笑顔を見ながら、吉は行列に並んだ。

「この間、美人水を買ったばかりなのに、数量限定で国芳の巾着袋《きんちゃくぶくろ》がついてくるっていうんだもん。買わないわけにはいかないじゃない、ねぇ」

「まったくよ。やられたって感じ。あんた、その袋を何に使うの？」

「紅《べに》でもいれておこうかと思って。そっちは」

「まだ決めてない、でも今じゃなきゃ国芳の袋は手に入らないんだから」

「そこよ！　でもどうしたって欲しいって気持ち、わかってもらえないのよね。おっかさんには。また無駄遣いをするんだろって、出がけに派手に雷《かみなり》を落とされちゃった……」

「いずこも同じってね。あたしもがみがみいわれた。おっかさんのうるさい口を針と糸でちくちく縫《ぬ》い付けたくなったくらい」

「無駄遣いに見えるものほど、楽しいのにね」

「その通り！　無駄遣いは無駄じゃない」

行列に並んだ娘たちはひっきりなしにしゃべっている。その話を聞くのも、吉にとって新鮮だった。気がつくと、娘たちの気分が移ってきたのか、吉も自分自身もちょっとうきうきしていることに気がついた。

倹約《けんやく》につとめてきた吉は、こうした行列に並ぶのもはじめてといっていい。

ふと、両親が生きていて、吉が妹弟を育てなくてもよかったら、自分も若いころから、こんなふうに流行りものを楽しんでいたのだろうかと思った。やっぱり自分は、娘らしい楽しみを味わうことなく生きてきたつまらない女なのだろうか、と胸がつんと痛む。

しかしすぐに首をふった。そんなことを考えても仕方がない。今、並んでいるからいいじゃないか、せっかくだから、このちょっと浮《うわ》ついた気持ちを味わってみようと気持ちを切り替える。

店の壁には「数量限定につき、売り切れる場合がございます」という張り紙がしてあった。店の者に尋《たず》ねると、売り切れたときに、絶対にそれがほしいと食って掛かるお客を説得するために張り紙をするのだという。

美人水の袋には、三匹の猫が鏡をのぞき込みながら、化粧している姿が描かれていた。左には、美人水をつけている猫、真ん中は白粉をはたいている猫、右側には紅をつけている猫。

かわいいという絵柄ではないが、くすっと笑ってしまうような諧謔《かいぎやく》がある。

袋に入った美人水を受け取ると、加代の目が糸のように細くなった。

「嬉しいわぁ……」

「お加代は、新し物好きだもんね」

「姉ちゃんも国芳の美人水を買うなんてねえ。流行りものになんてこれまで決して手をださなかったのに」

「そうね。ほんとに。でもおかげで、国芳の袋ももらえたし、ちょいとおもしろかったよ」

吉は加代に素直にいった。加代の目が丸くなった。

「たまげた。姉ちゃんがそんなこというなんて」

「あたしも自分にたまげてる」

ふたりは顔を見合わせて笑った。

加代は今度、国芳が、かる焼白雪《やきはくせつ》こうの袋に絵を描くという噂があるといった。かる焼白雪こうは、子どもが病気になったときに食べる落雁《らくがん》のようなお菓子だ。発売されたら、また、加代は行列に並ぶのだろう。

「姉ちゃん、仕事、がんばってね。体にも気を付けてね。ほんとにありがと」

赤ん坊を背負い、美人水を胸に大切そうに抱えて、加代は帰っていく。その後ろ姿を見送る吉の心の中に、また不安の芽が萌《きざ》してきそうになって、あわてて首をふった。

読売の仕事から逃げないと決めたけれど、その前にクビにされてはたまらない。とりあえず、やらなければならないことをやらなくてはならない。

まずは聞き取りの相手を見つけることだ。

吉は美人水の袋をじっと眺めた。女たちにこれほど人気の国芳はどうだろうと思った。

袋を返すと裏に「日本橋坂本町　川口宇兵衛板《かわぐちうへえはん》」と刷られている。坂本町は吉の住む町だ。そこに国芳の版元があるというのが、何かの縁のような気持ちがした。吉は楓川を渡り、坂本町に向かった。

版元川口宇兵衛の店には、猫や金魚などを描いた国芳の作品が揃っていた。年頃の娘たちがそのポチ袋などを楽しそうに手に取っている。真剣に物色して、やっとのことでポチ袋をひとつ買った吉に、客のひとりが声をかけた。

「国芳の絵が好きなの？」

「へえ」

「なら、五郎兵衛町の丸屋与八《まるやよはち》のところもみといたほうがいいわよ」

五郎兵衛町と聞いて、吉の首がひやりとする。雷電屋のある町だ。あの娘に会ったらやっかいだと思ったが、国芳の他の作品を見たいという気持ちが勝った。

来た道を戻り、また楓川を渡り、京橋のほうに向かって歩いた。

五郎兵衛町の丸屋与八には、国芳の大作である錦絵《にしきえ》『平知盛亡霊図《たいらのとももりぼうれいのず》』があった。「平家物語《へいけものがたり》」を題材に取ったもので、大物之浦《だいもつのうら》にて亡霊となって、義経《よしつね》や弁慶の前に立ちはだかる平清盛《きよもり》の四男・平知盛の姿が、みなぎるような気迫で描かれていた。

ひと通り見てから、吉は店をあとにした。

風香堂の一階はほぼ人が出払っているらしく、しんとしていた。絹と真二郎も聞き取りに出たのか、二階にも誰もいない。

「これは……」

吉の机の上に、本町・花輪の袋があった。中に、駒吉が推薦したかりんとうが入っている。手紙が添えてあり、開くと「おかげさまで千客万来。張り紙が功《こう》を奏《そう》し、売り切れ御免《ごめん》でも騒ぐ客なし。昨日から当日売りは四〇袋、もう四〇袋は予約販売にすることにしたところ、たちまち五日後まで予約はいっぱいに。読売の力、おそるべし　花輪　主」と書いてあった。

その夜、長屋に戻り、煮《に》売り屋で求めたお菜で冷や飯をかきこんでいると、「お吉ちゃん」と、声がした。あわてて、しん張り棒をはずして、戸をあけると、咲が立っていた。

「今日の夕方、お加代ちゃんがきて、これを姉ちゃんにって」

咲は紙袋を吉に手渡した。

「まあ」

「聞いたよ。加代ちゃんと今日、会ったんだって？　お菓子屋さんで働いていた姉ちゃんがいきなり読売屋だなんて心配してたけど、すごく楽しそうでよかったって、胸をなでおろしていたよ」

吉は小さくため息をついた。本当は働き続けられるか不安でいっぱいなのだ。だが妹には心配はかけられない。それに屈託《くったく》があるときほど、吉は人前では明るくふるまってしまう。

袋の中をのぞくと、白と薄紅色の金平糖《こんぺいとう》が入っていた。紙袋には「姉ちゃん、ありがとう。金平糖、食べてね。加代」と小さい文字で書いてある。

金平糖は、吉たちにとって忘れられない思い出の詰まったお菓子だった。金平糖にこめられた加代の気持ちが嬉しくて、胸が熱くなった。

「お咲さん、お手数おかけして……よかったら半分、持って行って。ばあちゃんも、甘いもの、好きでしょ」

咲の姑の里は、甘酒《あまざけ》をはじめ、甘いものに目がない。だが、咲は手を横にふった。

「お加代ちゃんがね、うちのばあちゃんにも、大福餅《だいふくもち》を買ってきてくれたの。気をつかわなくてもいいのに。あの小さかった加代ちゃんが、すっかり大人になって。赤ん坊をしょって、もう一人の子の手を引いて、母ちゃんの顔になってた。ばあちゃんも、赤ん坊も抱かしてもらったんだ。これで寿命が延びたって。ばあちゃん喜んで、この調子じゃ、百までだって生きてくれそうだよ」

咲が去ったあと、吉は金平糖を口に含んだ。角を持つ球が舌の中で転がり、混じりけのない砂糖の味わいが柔らかく広がっていく。

ああ、この味だと、懐かしい思い出が胸にあふれ出た。

松緑苑の菓子作りに精を出す傍ら、父は松五郎に頼んで、金平糖づくりの修業もさせてもらっていた。金平糖作りは、簡単なように見えて、コテ入れ十年、蜜《みつ》掛け十年といわれ、いっぱしのものを作るのに二十年はかかる。

ようやく納得ゆくものができたと父が一握りの金平糖を家に持って帰ってきた日、家族で輪になって、金平糖を一粒ずつ、口に入れた。この世にこんなにすっきりと優しい甘味があるなんて、と、小さい吉の目が真ん丸になった。それから吉はきゅっと目を閉じた。父母も、弟妹も、そんな吉を見つめながらくすくす笑ったけど、味わい尽くすことに夢中だった吉は、何も気にならなかった。

あのときも、吉は口の中から金平糖の余韻が消えるまで、全身全霊かけて食べた。やっと目を開き、「ほっぺが落ちそう」と頬を押さえ、にっこり笑った吉を見て、また家族の笑いが弾《はじ》けた。

そのときは、すぐその後に父母との別れが待っているなんて思わなかった。

金平糖を口にすると、あのときの家族の笑顔がくっきりと思い出され、家族に守られているという気持ちになる。自分はひとりものだけれど、ひとりで生きているわけではないと、慰《なぐさ》められているような気持ちになる。

明日は早めに風香堂に行き、もう一度、馬琴の家を訪ねてみようと吉は思った。あきらめてはいけない。出禁になってないのだから。

そのときには、今日もらった花輪のかりんとうを持参しよう。馬琴はきっと喜んでくれるだろうと吉は微笑んだ。


翌朝も、吉は馬琴を手伝って、金糸雀の水入れを洗った。昨日同様、たっぷりとお茶を淹れて、かりんとうをさしだすと、馬琴はこれまたうまそうにぽりぽりと音をたてて食べた。

「こいつぁ、後を引くからいけねぇ」

そういつつ、また一本、また一本と食べていく。袋の半分を食べ尽くしたところで、ようやく馬琴の手が止まった。

「さすが花輪のかりんとうだ。うめえや」

「ご存じでしたか？」

「あたりめえだ」

吉は、辰巳芸者の駒吉が、このかりんとうが好きで、読売に載せたことを打ち明けた。馬琴の目がぎらっと光る。

「それじゃ、今ごろ、花輪は人でごった返して、てぇへんなことになってるだろうな。よく、おめえ、これを手に入れたな」

「昨日、花輪のご主人から、お手紙とこのかりんとうを頂戴《ちょうだい》しまして」

読売に載せることが決まると、花輪から読物の中に「売り切れ御免」と書くように念を押されたうえ、店の入り口に「当店のかりんとうは、一日八〇袋、販売しております。数に限りがございますので売り切れの際はご容赦ください」と張りだしたことを馬琴に伝えた。

「その張り紙があるので、売り切れでも、騒ぐお客様はいらっしゃらないそうです。その上、半数は予約販売にしたとも書いてありました」

馬琴は顎に手をやってうなった。

「見上げたもんだな、花輪は」

そのときだった。吉ははっとして顔をあげた。

「あの……馬琴先生は、好きな菓子がどんどん届けられるのがおいやだから、読売で紹介されたくないとおっしゃいましたよね」

馬琴はとんでもないとばかり、顔の前で手を横にふる。

「ああ、いやだね。冗談じゃねぇ」

吉は指をついた。

「でしたら、たとえば「届け物はお断り」ということを読物に書き、そしてそのお店にも『馬琴先生への差し入れは御免被《こうむ》る』というような張り紙をお願いしたらどうでしょうか」

はあっといって、馬琴は目をむいた。

「めんどくせぇことをいいやがって。なんで、そこまでしなきゃなんねぇんだ。おめえの読物のために」

ついに出入り禁止を言い渡されるかもしれないと、吉は首をすくめた。

だが、この仕事に、風香堂をやめさせられるかどうかがかかっていると、吉は自分を励《はげ》まして続ける。

「……ご自分では気づかれていないかもしれませんけど、先生は本当においしそうにお菓子を召し上がるんです。これほどおいしそうに召し上がる方が、うまいとおっしゃるお菓子に、はずれはありません。それを読物にしたら、きっとたくさんの人が喜んでくださると思うんです」

「んなこと、おめえにいわれたかねえや。でぇいち、おめえがどんな顔で菓子を食っているかわかったら、たまげるぞ」

むっとした顔でいって馬琴は横を向いた。

「八犬伝を何年にもわたってお書きになっているというのは、先生のおつむりの中であの大きな物語が生き生きと動いているからだと思うんです。金糸雀のことだって、これほど夢中になって、熱心に世話をしていらっしゃるのは、ただ金糸雀がきれいだとかいうことだけじゃなくて、他の人にはうかがい知れない楽しみや興味があるんじゃないかと思います。お菓子にだって、きっと……」

馬琴はぐいっと身を乗り出した。

「……あきれてるんだな、おいらのことを」

「いいえ、そんな……滅相《めっそう》もございません。いいご趣味をお持ちで……そうしたこだわりがある方ですから……」

馬琴はぼんのくぼに手をやり、吉の言葉を遮《さえぎ》る。

「あきれてるって、正直にいっていいんだよ。自分でも、このごろじゃ、うんざりしかけているんだ。この金糸雀もなぁ……」

馬琴の声にこたえているのか、ピピピと、金糸雀が盛大に啼いている。

「おいらが世話しているつもりでいるが、実は、金糸雀に使われているんじゃねえかって、思うこともあるんだ」

「まあ……」

思わず、吉はくすっと笑った。

「おめえにはそんなふうに思うことはねえか。ねえよなぁ。普通は」

吉は一瞬、首をひねり、口を開く。

「同じかどうかわかりませんが、あたしはおいしいお菓子を食べていると、その味が口の中だけじゃなく、頭や心の中まで広がって……自分とお菓子の境目がわからなくなるような心持になることがございます」

ぷはっと、馬琴が噴きだした。その笑いはたちまち大きくなり、腹を抱えはじめる。

「こ、こいつぁ、いいや。自分と菓子との境目がわからなくなるだと。うまいこと、いいやがる」

筆がのっているときは、自分も生きているのがこの世界なのか、物語の中なのかわからなくなることがあると、馬琴はつぶやいた。

そういう自分を暮らしの中に引き戻すためもあり、金糸雀を飼いだしたが、すぐに金糸雀との時間がおもしろくなり、やはり人と話したり、飯を食ったりすることがどこか遠く感じられるようになったともいう。

「凝り性とは因果《いんが》なもんだ。おめえもそうなんだな。……気に入った」

馬琴は、吉の目をのぞきこむ。

「風香堂の近くにあるだろ。塩瀬総本家《しおせそうほんけ》」

「へえ、本店でございますね」

吉の目が輝き始める。

「ああ。その薯蕷饅頭《じょうよまんじゅう》だ。おいらが一等好きな菓子は」

吉の胸がはねあがる。

ついに聞きだせた。

小躍りしたいほど嬉しさがこみ上げる。

薯蕷饅頭は煎茶《せんちゃ》と合わせて食べるのがいいと、馬琴はいう。

「薯蕷饅頭の皮の山芋《やまいも》のもっちりした食感がいい。芋本来の甘味とうまみに、甘さを抑えたあんの組み合わせも絶妙だ」

塩瀬総本家は、本店のほかに、京橋北一丁目、数寄屋河岸、霊岸島《れいがんじま》に出店があるが、馬琴は本店のものに限るともいった。

「そこが大本《おおもと》だからな。おめえ、知ってるかい？　今じゃ、どの菓子屋も饅頭を売っているが、饅頭を初めて作った店が塩瀬総本家なんだ。創業は、室町《むろまち》時代初期だというから、驚くじゃねぇか。元祖と名乗れるのは、この店なんだよ」

創業の地の奈良《なら》からやがて京都に移り、後水尾《ごみずのお》天皇から塩瀬山城大掾《やましろだいじょう》の官名を許されたということも、馬琴はとうとうと語る。

「室町幕府の将軍足利義政《あしかがよしまさ》から『日本第一番本饅頭所林氏塩瀬』の直筆《じきひつ》の看板を贈られて、御用菓子司《ごようかしつかさ》の筆頭《ひっとう》格となり、江戸幕府開闢《かいびゃく》と同時に日本橋にも店をだしたのさ」

凝り性の馬琴は、店の由来《ゆらい》まで調べ上げていた。それから、馬琴は半紙を取り出し、「饅頭は食べたいときに、食べたい分だけ求めるが良し。頂戴物はお断り申す　馬琴」と書いた。

「これを、塩瀬総本家に、暫《しばら》くの間、張ってくれるように頼み込んでくれ。店が張り紙を断ったら、それまで。読売掲載は断る」

「あ、ありがとうございます。がんばります。きっとこの張り紙をしていただけるようにいたします」

吉はその紙を押しいただくようにうけとった。

「すっかり夏だなぁ。もうすぐ水無月か、水無月って菓子を知っているか」

吉の胸がどきっと鳴った。松緑苑でも水無月は人気の菓子だった。

「へぇ。京の夏越祓《なごしのはらえ》に食べる、口当たりのすべらかな菓子でございますね」

馬琴がうむとうなずく。

夏越祓は、半年の罪や穢《けが》れを祓《はら》い、残り半年の無病息災《むびょうそくさい》を祈願する神事《しんじ》である。そのときに、『水無月』という名の菓子を食べれば、病気にならないという言い伝えがあった。

「あの菓子を食べると、暑さが和《やわ》らぐような気がするんだ」

「……白の外郎《ういろう》の生地は氷室《ひむろ》の氷、上に載せた小豆には悪魔払いの意味があるそうです」

「よく知ってるな。おめぇ」

「菓子屋の女中でしたから」

松五郎と民の顔が脳裏《のうり》に浮かんだ。月をまたぎ、水無月になれば、ふたりは、店のあった家を離れ、近くの仕舞屋《しもたや》に移る。

「松緑苑の『水無月』、もう一度、食べたかった……」

思わず口にした吉に、馬琴がうなずく。

「おいらもだ」

帰り際に馬琴は「また、金糸雀の世話を手伝いにきてもいいぞ」と吉にいった。どうやら吉のことを気に入ってくれたらしかった。


馬琴の家を後にすると、吉は塩瀬総本家を訪ねた。薯蕷饅頭の皮は吟味した大和芋《やまといも》をすり下ろし、上新粉《じょうしんこ》と砂糖を加えて練《ね》って作るのだという。

「大和芋は気候や季節でも異なる上、ひとつひとつの芋の粘り気が微妙に違うので、その塩梅《あんばい》が練り職人の腕の見せ所です」

主は、教えられるのはそこまでだといった。

馬琴が書いたものを、店に張っておいてくれないかと吉が頼むと、主は紙をじっと見つめ、やがてうなずいた。

「馬琴先生のおっしゃることはもっともだ。そうさせてもらいましょう」

薯蕷饅頭を求めて吉が店をでると、すでに日は中天に昇っていた。

ふと一石橋《いっこく》のほうに目をやると、こちらに向かって歩いてくる絹と真二郎が見えた。

上物の着物で身を包み、顎をあげてしゃきしゃきと歩く絹は、整った顔もさることながら、武家娘とも町娘とも玄人《くろうと》筋とも判別できない。男女が歩くときは、男が先と決まっているのに、真二郎は頓着《とんちゃく》しないのか、絹の後ろをぶらぶらと歩いている。そんなふたりに物珍しそうな視線を向ける人もいた。

橋を渡り切った絹がはっと立ち止まった。絹の前に、小柄な武家娘が立っていた。年は二十歳になったくらいか。赤いかんざしがよく似合っている。

その娘が何かいうと、絹はさも驚いたとでもいうように、ただでさえ大きな目を吊り上げ、交互に娘と真二郎を見た。それから絹はふたりを残してすたすたと通り過ぎていく。

真二郎も娘に一礼すると、足早にこちらに歩いてきた。だが娘は真二郎のあとを追いかけてくる。見てはいけないものを見ているような気がして、吉は通りにおかれた天水《てんすい》桶の陰に隠れた。

「……真さま……どうしてお逃げになるんですの……」

「……志乃《しの》さん……」

志乃という名のこの娘は、真二郎と顔見知りなのだろう。

「お嬢様……人がみております……」

おつきの女中が袖をひいたが、娘の目はひたっと真二郎に向けられたままだ。

「家を出られ、読売の絵師をなさっていると聞きました。今、北島町《きたじま》の長屋にお住まいなんですって？　いつ、ご自宅にお戻りになられるんですか？」

「前から決めてたんだ。かまわねぇでくれ」

真二郎はそっけなくいう。志乃は、苦しそうに眉をひそめた。

「幼いころ、真さまに凧揚《たこあ》げを教えていただきました。魚釣りに連れて行っていただいたこともございます……そのときから、私、真さまを兄のように思ってまいりました……昨年のちょうど今ごろ、この橋のたもとで、鼻緒《はなお》がきれて往生していたときに、直していただいたこともございます……」

ちょっとだけ黙り込み、志乃は顔をあげた。思いつめたような表情をしている。

「そんな了見でよろしいんでしょうか。武士としての生き方をお考えになっていたら、長屋暮らしなんて……」

「武家の暮らしは性分にあわねぇ。それに、おれは絵を描くのが好きなんだ。仕事があるから、失礼するぜ」

真二郎は軽く頭を下げると、風香堂のほうに歩きだした。

志乃はもう追いかけなかった。涙を浮かべた目で真二郎の後ろ姿を見つめ、きつく唇をかんでいた。


吉が風香堂に戻ると、絹は筆を、真二郎は絵筆を握っていた。ふたりは、何もなかったように仕事を進めている。

「ただいま、戻りました」

「お、どうだった？　馬琴先生は」

光太郎が吉を手招きする。

塩瀬総本家の薯蕷饅頭を推薦してくれ、帰りには塩瀬総本家に寄り、張り紙を手渡し、話を聞いてきたというと、光太郎は顎に手をやり、感心したようにうなった。

「馬琴先生んとこにいって、ちゃんと用事をすませてきた人間をおれぁ、はじめて見たぜ」

吉が自分の鼻を人差し指でさすと、光太郎はうむとうなずく。そんな人物のところに、光太郎は見習いの自分を聞き取りにやらせたのかとも思うが、改めて吉は嬉しくなった。

「落とすのに、何日かかった？」

「へえ……三日ほど」

「これから馬琴先生の聞き取りはお吉の仕事で決まりだな」

光太郎はすかさずいって、にやっと笑った。

「金糸雀がいっぺえいただろ」

光太郎は馬琴の並々ならぬ金糸雀収集癖も、とっくに知っていたらしい。百羽以上もの金糸雀の世話をひとりでしていて、それが終わってからでないと八犬伝に取りかかることもできないと嘆《なげ》いていたと吉がいうと、光太郎が愉快そうに声をあげて笑った。

「そいつぁ、いいや。それでこそ、江戸っ子でぇ」

吉が絹たちに目をやると、光太郎は心得顔でいう。

「絹たちは、今日両国広小路で評判の、しゃべるオウムの聞き取りにいってきたんだ。なぁ」

絹は筆を止めずに「はい」と答える。

「おれも見てきたけど、おもしれえこと、この上ねえ。羽は青や黄色と極彩色で、一尺五寸（約四五センチ）もある。人が近づくと、そのオウムが、〝いらっしゃいまし〟と挨拶しやがる。さらに〝いいお天気でございますね〟と追い打ちをかけやがる。〝こんにちは〟といえば〝こんにちは〟。〝おめえの名前はなんでぇ〟と訊くと、〝ピーコちゃん〟と返事までする。人が難しい話をしだすと、〝ふむふむ〟とうなずき、かと思えば突然、〝おか〜ちゃ〜ぁん〟とびっくりするような大声で叫ぶんだ。観客はやんややんやの喝采《かっさい》さ」

「まあ、鳥がそんなことを」

「四十もの言葉をしゃべるっていうんだから、てぇしたもんじゃねぇか。そのでっけぇオウムは長生きで、病気をしなけりゃ、何十年も生きるってよ」

「驚きました。鳥に、人の言葉がわかるなんて……」

吉がすっとんきょうな声でいうと、絹が眉間にしわを寄せて、吉をきつい目で見た。

「お吉さん、たいがいにしてくださいな。読売屋なんですから、少しは頭を働かせないと。鳥が人と話をするなんて、どう考えたって、ありえないでしょ！」

棘《とげ》のある調子で、絹は言い捨てる。真二郎がくすっと笑う声が聞こえる。

「え……だって、しゃべるんですよね」

「オウムには言葉を真似《まね》する習性があるんです。そばに烏《からす》がいて年がら年中、カーカー啼いていたら、オウムはカーカー啼くようになる。つまり意味がわかってしゃべっているわけじゃございません。人が繰り返し、同じ言葉をいっていれば、それを覚えて同じようにいうようになるんです。いってみれば、サルに芸を覚えさせるように、オウムに人が言葉を仕込んだってことですよ」

「はぁ……」

「一階の人たちに聞かれたら、だから女は考えが足りないって、私まで馬鹿にされてしまいます。発言には気を付けてくださいませ！」

「へ……へぇ。申し訳ありませんでした」

それから吉は、光太郎をはじめ、絹と真二郎にも薯蕷饅頭を配った。

「召し上がる前に、絵に描いてもらえますか」

吉が饅頭を持っていくと、真二郎は顔をあげた。

涙を浮かべ、真二郎の後ろ姿を見ていた志乃の思いつめた顔が思い出された。

志乃が真二郎のことを憎からず思っていることは、間違いない。こう見えて真二郎は案外、女たらしなのだろうか。

「お吉さん……」

「へ、へぇっ」

うっかり大声をだしてしまった自分に吉はぎょっとした。真二郎の目が驚いたように見開かれている。

真二郎に志乃との関係を尋ねる勇気もないくせに、勝手に気持ちをたかぶらせている自分がみっともなくて、吉は穴があったら入りたいような気持ちになった。

「……すみません、何でしょうか」

あわてて静かに言い直した。

「馬琴先生は、何かおもしろいことをいってなかったか」

「そうですねぇ……金糸雀を世話しているつもりでいるけれど、金糸雀に自分が使われているような気がするといってぼやいておられましたが……」

「それだ」

真二郎は膝をうった。

馬琴の読物に添えられた絵は、饅頭の上に小さな鳥かごが描かれていた。鳥かごの周りを数羽の金糸雀が飛んでいる。鳥かごの中にいるのは、馬琴と思《おぼ》しき人間で、その脇に「どちらが飼われているかわからん」との文字が躍っていた。

駒吉の読物はすんなり光太郎がよしといってくれたのに、馬琴のものは書き直しても書き直しても、光太郎がうなずかない。ようやく、これでいいといわれたときには、暮れ六つ（午後六時）になっていた。寸の間もおかず、光太郎が吉に訊いた。

「次は誰に聞き取りするつもりでぇ？」

「国芳さんはどうかと」

「歌川国芳かい？」

光太郎が顔を上げた。

「へえ。娘さんたちにこんなものがとても評判なんです」

吉は美人水の袋やポチ袋をとりだした。

「真さん。見るかい？　国芳の手だと」

真二郎は足早にやってくると、興味深そうに国芳の絵を見つめた。

「よし、じゃあ、明日国芳にあたってみろ」

光太郎が吉にいった。

日が長くなったといっても、すでに西の空が赤くなっている。そのとき、下から声がかかった。

「お吉！　いるかい？　おめえに話があるという人が来てるぞ」

「へ、へぇ」

あわてて階段を下りると、中村座の草履《ぞうり》番が立っていた。草履番は明日の昼すぎに、真二郎とともに中村座を訪ねてくれという團十郎の伝言を告げた。もしかして、水羊羹のことかもしれないと、吉の胸がどきんと鳴った。

その五　甘露水《かんろすい》

夜半過ぎから雨になった。

朝になったら、雨があがるかと思ったが、しとしと降《ふ》り続いている。

吉は身支度《みじたく》をすると、番傘《ばんがさ》をさして家を出た。

「お吉ちゃん、精がでるね」

水桶《おけ》を持ち、井戸端から戻ってきた咲が声をかけた。白いものが増えた髪を自分できれいに丸髷《まるまげ》にしている。裁縫《さいほう》がうまい咲は、何をやらせても器用だった。

「読売《よみうり》では何を書いているんだい？」

「お菓子《かし》のことです」

菊五郎の名など口にしたら、咲がおったまげかねないので、吉はそれだけいった。

雷電屋の娘のことがあってから、吉は、自分の仕事のことを人になるべく話さないようにしている。

風香堂で働くようになり、高嶺《たかね》の花の人物たちに会う機会が増えた。けれど、それはあくまで仕事であり、友だちづきあいをするわけではない。それでも、それを口にすると、うらやましがられたり、ねたまれたりされないとも限らない。咲がねたんだりするとは考えられないが、長屋の女たちはおしゃべりだ。話がどこまで流れていくかもわからない。

「お菓子のことなら、お吉ちゃんのお手の物だね。行っといで。足元に気を付けてね」

「行ってまいります」

吉は咲に軽く頭を下げて歩き出した。雨は降っているが、歩くのに支障はなかった。

本郷まで足を延ばし、旬で水羊羹《みずようかん》の包みを三つ求めた。

「移転先は決まりましたか」

「菓子は水で決まるから。あの人がいいと思うような井戸がなかなか見つからなくて……」

おかみは雨を見上げながら、ゆっくり顔を横に振った。

包みを携《たずさ》え、吉は湯島から神田明神下に向かう。吉が顔をだすと、馬琴は一瞬、驚いた顔になり、まんざらでもなさそうににやりと笑った。

「雨だから、金糸雀《カナリア》のお世話も大変だと思いまして……」

「読物のネタをやったんだ。もう来ねえかと思ったよ」

「時間があるときはこれからもお手伝いにお邪魔《じゃま》します」

吉は手拭《てぬぐ》いで姉様《あねさま》かぶりになると、雨をものともせず、庭に出て、井戸端で、慣れた手つきで水入れを洗った。それが終わると、お茶を淹《い》れ、水羊羹の包みを馬琴の膝元《ひざもと》にすべらせた。馬琴の眉《まゆ》が上がる。

「饅頭《まんじゅう》じゃねえのか。おめえ、昨日、帰りに塩瀬の本店に行っただろうが」

あ、と、吉は言葉を飲み込み、「薯蕷《じょうよ》饅頭は昨日のうちに食べてしまいまして」と首をすくめた。

「うまかっただろう」

「へえ。とっても」

顔を見合わせて笑う。吉は用件を切り出した。

「塩瀬総本家本店には先生の張り紙をしていただきました。また、明日、先生の饅頭の話を載《の》せた読売が発売になりますので、出来次第、お持ちさせていただきます」

うむと馬琴がうなずく。

「明日も来るってのか。……金糸雀が喜ぶぜ」

まんざらでもなさそうに馬琴がいうと、金糸雀が呼応するようにピピピと高い声で啼《な》いた。

馬琴の家を出た吉は、小松町の松緑苑の民と松五郎を訪ねた。上がっていくようにいう民に、時間がないからと断りをいれ、旬の包みを差し出した。

「これは？」

「水羊羹です。おかみさんと旦那《だんな》さんにぜひ召《め》し上がってほしくて。それにもしかしたら、團十郎さんがいっていた水羊羹かもしれなくて……」

吉はそれだけ伝えると、急いで風香堂に戻った。

昼から真二郎と中村座に行くのだ。

いつしか雨はあがっていた。

あいかわらず、中村座のまわりは大変な人だかりだった。

『東海道四谷怪談』の幟《のぼり》が盛大にたなびき、めかしこんだ町人たちが行きかっている。

「おお〜〜、こわっ」

女たちが顔を震《ふる》わせて中村座から出てきた。

「毒薬のせいで顔半分が醜《みにく》く腫《は》れ上がったまま髪を梳《す》き、お岩が悶《もだ》え死ぬところ、あたしは震えがとまらなかったよ」

「あたしはお岩と小平《こへい》の死体を戸板一枚の表裏に釘《くぎ》付けにしたってところで、心の臓がとまりそうになっちまった」

「今晩、厠《かわや》にひとりでいけなかったらどうしよう。……伊右衛門が鼠《ねずみ》と怨霊《おんりよう》に苦しめられるところの顔が恐ろし過ぎて」

「なんといっても團十郎と菊五郎だもの」

「悪い顔も、血みどろも、あのふたりだからぞっとするほどいいんだよ……」

興奮冷めやらぬという面持《おもも》ちで、女たちは料理茶屋に入っていく。

「すごい人気ですねぇ」

「ああ、大当たりだ」

真二郎が吉にうなずいた。

團十郎は、もろ肌《はだ》をぬいだ状態で、楽屋に座っていた。

吉が手土産《てみやげ》の旬の水羊羹の包みを渡すと、團十郎は大きくうなずく。付き人は手際よく包みをその場で開き、水羊羹を載せた朱《しゅ》の漆《うるし》塗りの皿をそれぞれの前に置いた。籃胎《らんたい》の茶たくに白磁《はくじ》の茶碗《ちゃわん》も添えられる。

「お茶が冷めないうちに、一服つけてくれ」

それから、團十郎は皿をとって、水羊羹の匂いをかぐように鼻を動かした。軽やかな笹《ささ》の匂いがふわっと立ち上っている。

その團十郎の表情から、これが團十郎の思い出の水羊羹だったのだと、吉は確信を深めた。

黒文字《くろもじ》でひと口に切り、團十郎がほおばる。

「うめぇなぁ」

うめくようにいう。もう一口。もう一口。食べ終えた團十郎は無言で、顔を手拭いでぬぐった。

「よく見つけてくれなすった……この水羊羹にまちがいねぇ」

万感《ばんかん》の思いがこみ上げているような團十郎の顔を見つめながら、吉は本当によかったと胸をなでおろした。

それから團十郎は、この水羊羹の思い出話を静かに語りだした。

「六代目のおやじは自分の命が短いと知っていたんだろうよ。あのころの、稽古《けいこ》はそりゃぁ厳しいもんだった。おやじは、自分の持っている芸を一つでも多く、俺に伝えたいと思っていたんだろうなあ。だが、幼《おさな》かった俺には、そんなおやじの気持ちはわからねえ。おやじが鬼にみえたこともあった。……ただ、じいさんがこの水羊羹を買ってきた日には、三人で稽古場で車座《くるまざ》になって『うめえ』『うめえ』と食べて。おやじもそのときだけは優しい目をしていた。俺を膝にのせて、『んめえなぁ。これは。もっと食べろ』と笑って……」

團十郎も自分と同じだと吉は思った。菓子に、あったかい記憶が詰まっている。

「人間なんてのは不思議なもんだな……この菓子を食べると、辛かった思いなんてどこかへ消えてなくなり、おやじとじいさんと過ごした日々が、ただただ、懐《なつ》かしいなんてなぁ」

照れくさそうにいって、團十郎はまた手拭いで、ごしごしと顔をこすった。目がうっすら赤くなっている。

甘いものは、心をゆるませ、ほどけさせ、明日へまた踏み出そうという気持ちにしてくれる。この水羊羹の味は、團十郎の幼い日の幸せそのものなのだろう。思い出の中の父や祖父に守られているような気持ちになっていることが、その表情に表われている。

吉は、幼かったころの團十郎の姿が見えるような気がした。

「しかし、本郷の菓子屋の水羊羹とは、思いもよらなんだぜ」

「……五代目のおじいさんは、なぜあの店をご存じだったんでしょうね」

すると、團十郎はぷっと笑って、ひょいと小指をたてた。

「大道具の重鎮《じゅうちん》に訊《き》いたら、なんでも、本郷に、じいさんの思い人がいて、あのころ、せっせと通っていたそうで。まったく、好きものの五代目らしいぜ」

團十郎は、それから真顔になり、なぜ、自分の思い出の水羊羹が旬のものだとわかったのかと、吉に尋ねた。

「松緑苑の栗羊羹がお好きだと聞いて、その味と似ているものだろうと思ったんです。和三盆《わさんぼん》の優しいすっきりとした味わい。そして、こしあんの中に小豆《あずき》が混ぜ込まれていて、最後に、黒糖の香りがほんのり立ち上るものではないかって。この水羊羹をとあるところでいただいたときに、松緑苑の栗羊羹とすごくよく似ていることに驚き、もしかしたらと思いました」

「おそれいったぜ」

旬が間もなく店を閉じると告げると、團十郎の眉が曇《くも》った。

「見つけたと思ったら、またなくなっちまうか……」

かぶりをふって、目を閉じる。やがて目を開き、苦み走った笑みを口元に浮かべた。

「……何か、礼をしなくちゃな。何がいいかい」

そういわれて、吉は息を吞んだ。

吉は團十郎が好きな旬のこの水羊羹のことを読売に書きたかった。だが、店がなくなるのに、読売に掲載するわけにはいかない。

「……もし、旬が別の場所で店を開いたら、團十郎さんが好きなこの水羊羹のことを読物に書いてもよろしいでしょうか」

吉は思い切っていった。團十郎は腕を組み、考えこんだ。だが、その表情がすぐにほぐれた。

「いやだといえる立場にはねえな。いいぜ。そんときはどーんと書いてくれ。……松緑苑といい、旬といい。店を閉じるのは惜しすぎる。どこぞで、また新たに店をやってくれりゃそれにこしたことはねえ。……なんだい、おめえら、俺が食べるところを見てるだけで、自分たちは食っちゃいねえじゃねえか。お持たせですまねえが、ちゃっちゃと食べとくれ」

團十郎は、吉の前の水羊羹に目をやって、また口元をゆるませる。吉はごくりと唾《つば》をのみこんだ。

「では、お言葉に甘えまして……いただきます」

吉が食べ始めると、真二郎がぷっと笑った。吉がきっと目をやる。

「……な、なんですか」

その瞬間、團十郎も噴《ふ》きだした。ほれぼれとするような笑顔だ。

「なんなんですか。おふたりとも」

「ほんと、お吉さん、あんたはうまそうに食べるな」

團十郎がいう。真二郎は笑いっぱなしだ。

團十郎は吉に、このお礼に、今後どの演目でも必ず席を用意するともいった。

「あんなに笑うなんて、あんまりじゃありませんか」

帰り道、吉が頰《ほお》をふくらませると、真二郎は思い出したようにまた声をあげて笑い出した。

「笑ってるんじゃねぇよ。笑えてしまうんだ」

「そのどこが違うっていうんです」

吉はぶすっとした顔で、真二郎を追い越した。

「お武家様が通りでゲラゲラ笑ってお腹《なか》を抱えて……ほんと見苦しいです」

精いっぱいの皮肉をこめて、吉はいった。

笑いの発作《ほっさ》がようやく止まると、真二郎は吉に駆け寄った。

「そういや、上田から伝えてくれと言われたことがあったんだ」

同心《どうしん》の上田だと、吉の表情が引き締《し》まる。

「昨日の夜中、常盤屋の身柄をおさえたそうだ。読み通り、おれたちを襲った奴らは常盤屋に雇《やと》われたならずもので、黒幕は常盤屋だった」

口入屋の常盤屋がでっちあげた儲《もう》け話を、金貸しに持ちかけて、金をだましとり、用心棒として雇った男たちを使って殺したというのが事件の真相だという。

恋仲だった鶴吉とヨネのことが思い出された。

「……あのふたり、どうしているかしら。うまくいっているでしょうか」

「さあなぁ。……難しいんじゃないか。親が猛反対しているんじゃ」

真二郎はそっけなくいう。若いふたりが紅白饅頭をほっとしたように食べていた姿を思いだすと、吉はやっぱりかわいそうに思えてならなかった。

風香堂に戻ると、吉の文机《ふづくえ》の上に紙が二枚載っていた。一枚目は「国芳の住まいは、堀江《ほりえ》町三丁目」という光太郎の置き紙だった。真二郎が横からのぞいて、目を走らせる。

「国芳にいつ聞き取りに行くんだ？」

「へえ。明日にでもご都合を訊きにいこうかと思っていますが」

「おれも一緒に行くよ。国芳に会ってみたいんだ」

「へ、へえ、それは願ってもないことで。明日はまず、馬琴先生と塩瀬総本家に新しい読売をお届けしますので、その後でよろしいですか」

「じゃあ、四つ（午前一〇時）くらいだな」

「どうぞよろしくお頼み申します」

聞き取りに慣れている真二郎がそばにいてくれれば、やはり心強い。

もう一枚の紙は、松緑苑の松五郎からのもので、「帰りに必ず寄っておくれ」と書いてあった。

松緑苑に赴《おもむ》くと、松五郎と民は待ちかねたように玄関に走ってきて、旬という店に連れて行ってくれと早口でいった。理由を尋ねても、松五郎はあいまいに口をにごす。

いずれにしても、吉は今、松緑苑の女中ではなく、風香堂に勤めているため、おいそれと抜け出して旬に松五郎たちを案内することはできない。

光太郎さんの許しが必要だと吉がいうと、松五郎は手まわしよく、光太郎宛ての文をさしだした。中を開くと、一刻（二時間）ばかり吉を貸してほしいと書いてある。こんなものまで松五郎が用意していたということに吉は目を瞠《みは》った。

旬の水羊羹は、團十郎の思い出の菓子だったように、松五郎にとっても何か特別な意味があるのだろうか。

明日は、国芳の家に行き、帰りが何時になるかわからないので、明後日《あさって》ではどうかというと、松五郎と民は、いつになく緊張したような面持ちでうなずいた。

翌日、吉は光太郎に松五郎の文を渡すと、刷《す》りたての読売を携え、まずは塩瀬総本家に行き、続いて馬琴を訪ねた。

読本作者の馬琴に、自分のつたない文章を見せるのは気がひけてしかたなかったが、見せるしかない。馬琴はさっと目を走らせ、「まだ素人《しろうと》だな」とそっけなくいい、馬琴自身が籠《かご》に入っている真二郎の絵を見て、「なかなかだ」と苦笑した。

自分の読物に対する馬琴の感想は、もっともだと吉は思う。でも、いつまでも素人では困る。

例によって、吉は金糸雀の水入れを洗い、きれいになった水入れを馬琴がすべての籠に戻すと、吉はお茶を淹れた。

「先生、どうやったら、うまく書けるようになるんでしょうか」

湯呑を取り上げた馬琴に、吉は思い切って尋《たず》ねた。

「それを、おいらに聞くのかい。天才の曲亭馬琴によぉ」

「へ、へえ。申し訳ありません」

馬琴はお茶をぐいとのみ、吉の顔を見つめる。

「おめえ、ほんとに書き手を続けるつもりなのか?」

「……へえ……ですから、このままじゃいけないと思っているんです」

馬琴は湯呑をおき、腕《うで》を組んだ。

「特別に教えてやる。……まずは、書くことだ」

「書くこと？」

「とにかく書く。ただし、ただずらずら書いてもうまくはなんねぇ。誰に対して、何を伝えたいのかを考えながら書け。これが基本だ。そして真似る」

「真似る、ですか？」

「ああ。おめえがいいなあと思う文章を、何度も声に出して読んで、自分のものにするんだ。そして時間を見つけて、書き写せ。そらんじるまで、それをやれ。……それから自分が書いたものも、声に出して読むんだ。つっかえるところがあれば、つっかえなくなるまで書き直せ。以上！」

馬琴はそういうと、部屋に消えた。


風香堂に戻ると、真二郎はすでに国芳のところに出かける支度をして待っていた。まだ四つ前だったが、ふたりは江戸橋を渡り、堀江町にむかった。

国芳の住まいはこぢんまりとした仕舞屋《しもたや》で、いきなり国芳が玄関に出てきた。派手な単衣《ひとえ》を着て、懐に猫を二匹抱えている。真二郎よりやや年上で、三十になるかならないかという年頃に見える。

「何、風香堂？　読売？　いいよ、入りな」

話をろくに聞かずに、国芳はふたりを中に招き入れた。家人《かじん》は不在で、女中も雇っていないらしい。

座敷には、描きかけの絵が乱雑に、散らばっていた。そのどれもが芸者の格好をした猫で、三味線《しゃみせん》を弾いている猫がいれば、楽しげに踊る猫もいる。猫が着ている着物の柄は魚の骨にイカ、鈴といった具合だ。

「で、どんな絵をお望みなんですかい？」

吉が挨拶《あいさつ》する前に、国芳のほうから切り出した。

「へっ？」

「読売を読んでる猫？　あ、読売じゃなくて、番付《ばんづけ》表でも作る？　その脇に添える絵ですかい？　それとも……」

矢継《やつ》ぎ早に質問を繰り出す。

どうやら、国芳は吉たちが絵の依頼に来たと誤解しているようだった。

真二郎は顎《あご》をしゃくり、吉にはっきり言うように促《うなが》した。

「あの、私共の読売では、今、お菓子の読物を連載しておりまして、ぜひ、今、売れっ子の絵師・国芳さんのお好きなお菓子をご紹介いただきたいと、伺《うかが》った次第でございます」

吉は手をついていった。

「え、おれが菓子を紹介するの？　その絵を描けばいいのかい？」

「いいえ、お話を伺って、こちらのほうで、まとめさせていただきます」

「絵は？」

「私が描かせていただきます」

真二郎が低い声でいうと、国芳の眉が下がった。

「ふ〜ん。って、仕事じゃねえってこと？」

吉は首をひねって、まばたきを繰り返す。

「へ、へえ。お仕事というわけでは……」

「って、支払いはなし？」

「は、はあ。そういうことになります」

ふんと国芳が鼻から息をはいて、横を向いた
「じゃ、とっとと帰ってくんな。おれぁ、金にならねぇことをするほど暇《ひま》じゃゃねえんだ」

真二郎が膝を進めて、散らばっていた絵の一枚をとりあげ、しみじみという。

「国芳さんの絵はいいや、ほんとにおもしれぇですね。そしてどんな絵でも、決し

て手を抜かねぇ」

「兄さん、わかってるじゃねぇか。おれの絵はおもしれぇ。けどな、んなほめ言葉は、聞きあきてらぁ。さあ、時間の無駄だ。帰っておくれ」

話は終わりだといわんばかりに、国芳はやおら立ち上がった。驚いたのか、懐から二匹の猫が飛びだして走って行く。

あっさり断られてしまったと、吉は腰《こし》をあげかけた。

だが真二郎はどっしり座ったまま動かない。眉をきゅっとあげて、真二郎はけれんみたっぷりにいう。

「風が吹けば桶《おけ》屋が儲かるではありやせんが、読売に載れば、国芳さんの名前がぱーっと江戸中にひろまりますぜ。これまで国芳さんの絵を知らない人も、読売を読んで、あ、こんな絵師がいるんだ。今度、この人の絵を見てみよう。買ってみようとならないでもない。すると、どうなりますかい」

「……おれの絵がもっと売れる⁉」

国芳がくるりと振り向いた。

「ということになりますな。その上、読売を読んで、お好きな菓子を国芳さんにお届けしたいという人があらわれる」

「菓子がうちに届く⁉」

「はい」

真二郎がうなずくと、国芳はその場にすとんと座り、ぽんと手を打った。

「とどのつまり、読売に載るのは、おれにとって損《そん》じゃねえってことだ」

「へえ。お時間をちょいとばかり頂戴《ちょうだい》しますが、ご損はさせません」

真二郎に話をあわせて、吉も合いの手をいれた。へへへと国芳が笑い出す。

「よし、じゃあ、しゃべってやる。……うちにいっぱい届けられて困らねえものとなると、大福《だいふく》か団子《だんご》だな。やっぱり団子か。うん。羽二重《はぶたえ》団子なら、なんぼあってもいいや。醤油《しょうゆ》の焼き団子に、こしあんの団子、両方だ。まずあんこを食べて、次にきりっとした味の焼き団子を食べるのがこたえられねえや」

羽二重団子は、王子《おうじ》街道の芋坂《いもざか》で売られている名物団子だ。文字通り羽二重のようだと称されるなめらかさが売りである。

「つきたてが一等うめえ。けど醤油のものは少し硬くなったのを軽くあぶって食べてもいいける」

舌なめずりしながら、国芳は立て板に水でいった。

これで、読売に載せられると、吉はほっと胸をなでおろした。

にゃーにゃーと啼きながら、猫がまた国芳の懐に戻っていく。部屋を見回すと、小簞笥《こだんす》の上や縁側の座布団にも猫がいた。

「本当に猫がお好きなんですね。美人水の袋にも、化粧している猫が三匹描かれていて……」

吉がそういったとたん、国芳の目が光った。

「姉さん、その袋、見たのかい？　もしかして美人水を買ってくれたのかい」

「へえ。妹の分とふたつばかり求めさせていただきました」

「嬉《うれ》しいねぇ。金をだして買ってくれた人には、茶くらい淹れねぇとな」

手のひらを返したように、いそいそと湯呑《ゆのみ》をとりだし、薬缶《やかん》から麦茶を注いで、吉と真二郎の前にさしだす。

「今度は、かる焼白雪《やきはくせつ》こうの袋に、国芳先生の絵が刷られるとか」

「あ、そっちも知ってる？　耳が早いねぇ」

「やっぱり猫の絵ですか」

「それはまだいえねぇな……で、そっちの兄さんは、読売の絵描きになって、どのくらいになるんだい？」

機嫌がよくなった国芳が真二郎に訊いた。

「五年ほどになります」

「お侍の道楽かい？」

「いえ……これを生業《なりわい》にしております」

志乃という武家娘に、真二郎が絵を描くのが好きで、武家の暮らしは性分にあわないといっていたことを吉は思い出した。

与力という立派な家に生まれたのだから、次男といってもそれなりの養子の口くらいあるはずなのに、真二郎は家を出て長屋暮らしをしている。考えてみればこちらも相当の変わり者ということになる。

ふ～んと、国芳は値踏みするように、真二郎を見た。

「どんな絵が好きなんだ？　絵とひと口にいっても、武者絵、役者絵、美人画、風景画、春画などいろいろあらあな」

真二郎は一瞬目をふせて考え、顔をあげた。

「どれも好きですが、あえていうなら落書きのような絵が……」

国芳が驚いたように目を見開いた。

「珍しいことをいうな。金にならねえじゃねえか、それじゃ」

「ならねえですね」

「すぐに捨てられちまうじゃねぇか」

「はい。なかなか大切にはしてもらえねえ。けど、今、描きたいものを描ける。そしてその絵を見た人がくすっと笑ったりしてくれたら、それでいい……」

ふふっと国芳が笑う。

「実をいうとおれも落書きみたいな絵がいっちばん好きだ。楽じゃねぇよな。絵描きなんてよ。金を稼《かせ》ぐのはてぇへんだ」

「……でも、やめられねぇ」

真二郎がそういってにやっと笑った。国芳がはしっと膝を叩く。

「それよっ。おもしれぇからやめらんねぇ。因果《いんが》な生き方だぜ。兄さんの絵も楽しみにしてるぜ」

国芳は真二郎をまっすぐに見返し、うなずいた。

国芳の家を出ると、吉と真二郎は、湯島から本郷を通り、王子街道の芋坂に向かった。羽二重団子という幟が店の前にひらめき、並べられた床几《しょうぎ》に座って団子を食べている人の姿が見える。

「腹、減っただろ」

真二郎はそういうと懐から巾着《きんちやく》をとりだし、あんこと醬油を二本ずつ注文した。それぞれ平べったい四粒の団子が並んでいる。

床几に座り、真二郎はその場で団子の絵をさらさらと描いた。

「うまいもんですねぇ。いつも、真二郎さんの絵を楽しみにしているんです」

吉は絵をのぞきこみ、思わずいった。

「世辞《せじ》でも嬉しいぜ」

珍しく素直な言葉を真二郎は口にした。

団子を描写し終えると、空いたところに串《くし》に猫が四匹、団子のように巻き付いている絵を描き足す。吉の目が丸くなる。

「いかにも国芳って感じでいいですね」

「……楽じゃねぇけど、おもしれえからやめられねぇ、か。気分のいいやつだな、国芳ってのは」

「国芳さんと真二郎さん、初めて会ったとは思えないほど、息が合っていましたね」

真二郎は照れたように空を見上げた。その横顔を吉は笑いながら見つめた。

こんなふうに真二郎の顔をまじまじと見たことなど、はじめてだった。

真二郎が澄《す》んだきれいな目をしていることに、吉は気がついた。

それから、ふたりで団子をほおばった。

あんこは甘さ控えめのこしあんで、きめが細かく、さらさらと口の中で溶けていく。醬油の団子は、国芳がいう通り、きりっとした江戸前の味わいだ。

ふと、吉は真二郎の視線を感じ、はっとして横を向いた。

「なんでそっちを向くんだ」

「食べているところを笑われるといやですから」

吉はぶっきらぼうにいい返す。すると、意外な言葉が返ってきた。

「すまなかったな。だが、その顔を笑ったわけじゃねえ。うまそうに食べる顔を見ているうちに、なんだか愉快な心持《こころもち》になって笑っちまうんだ」

真二郎がこんな風に謝るなんて、吉は思ってもみなかった。

だが、愉快な心持になる顔とは、どういうことなのだろう。

「……笑いたくなる顔ってことでしょうか」

「……幸せな心持になる顔といってもいい」

真二郎が吉の顔をのぞきこみながらつぶやく。長いまつげが揺れる目でまっすぐに見つめられ、吉は思わず目を伏せた。胸がばたついていた。

風香堂に戻ると、光太郎が上機嫌で長唄《ながうた》を口ずさんでいた。

「お、国芳はどうだった？」

国芳が羽二重団子を好きだといったと吉がいうと、光太郎は相好《そうごう》を崩《くず》した。

「あいつは金にならないことは引き受けねぇって聞いたが、よく話を聞けたな」

思わず、吉と真二郎は目をあわせて、くすっと笑った。

「旦那さんは、そのこと、ご存じだったんですか」

「まあな」

光太郎は、馬琴とオウムの読売も結構な売れ行きだと続けて鼻を鳴らした。

「お吉、さっそく、文章にとりかかってくれ。それから、明日の松五郎さんの件は合点承知《がってんしょうち》の助《すけ》だ。昼からでかけていいぞ」

国芳の読物にとりかかった吉は、馬琴にいわれた通り、書いてはぶつぶつ声に出して読んだ。

今までも、心の中で声にして読んでいたつもりだったが、声に出すとまた違う。

それぞれの文章に拍子があるが、表現が唐突だったりすると、その拍子が崩れて、するりと声にならない。そしてそうした部分をいいやすいものに書き換えると、全体の通りがよくなる。馬琴のいう通りだった。

真似ることも重要だと、馬琴はいった。他の書き手が綴《つづ》った読物も、もう一度読んでみようと吉は思った。

翌朝、吉はまっすぐに松緑苑に赴き、松五郎と民に、昼前に迎えに来るという旨《むね》を伝えた。

それから馬琴の家に顔をだし金糸雀の世話を手伝い、その帰り、ふと思いついて、吉は神田明神にむかった。

きれいな青空が広がっている。頰をなでる風が爽《さわ》やかだ。

ここのところ毎日、すぐ近くまで来ていたのに、神田明神への参拝《さんぱい》を思いつかなかったなんて、自分で思っている以上に風香堂で働き始めて以来、気持ちがあわただしくなっていたのかもしれない。

一礼して鳥居をくぐり、御神殿に進もうとしたとき、参拝を終えてこちらに歩いてくる男を見て、吉は足を止めた。

着流しに羽織《はおり》姿の定町廻《じょうまちまわり》同心の上田だった。上田は吉に目を留めると、駆け寄ってきた。

「その節はお世話になりました」

吉が頭を下げると、上田は気さくに微笑《ほほえ》み、おかげで賊《ぞく》をつかまえることができたと礼をいった。

「……あの、ヨネさんと鶴吉さんはその後、どうなったか、ご存じですか」

吉は思い切って尋ねた。上田は盆《ぼん》の窪《くぼ》に手をやり、ふうっと大きくため息をつき、ヨネは王子の親戚《しんせき》に預けられることになりそうだと続けた。

「親御さんたちは、じゃあ、お許しにならない……」

「あの調子じゃなぁ……」

ヨネと鶴吉は、親の言いなりになって別れてしまうのだろうか。

惚《ほ》れあっている男女をむりやり別れさせるなんて、生木《なまぎ》を引き裂くようなものだ。親に言い含められて、別れるならそれまでだとも思う。

けれど、親の反対のために駆け落ちをして、親の死に目にもあえなかった翠緑堂の跡とりの勇吉と、その勇吉と和解できぬまま命を終えた翠緑堂の先代夫婦の例もある。

親は子の幸せを考えて、子に意見するのだろうが、もう少し互いに許しあうことができないのだろうか。どちらの道も過酷すぎると思えてならない。

「あとは、鶴吉とヨネ次第だな」

上田は、不安げな顔をした吉にそういって笑顔を見せた。

吉は、悲しい思いに泣く人が少なくなるようにと祈るしかできなかった。


気持ちを立て直し、吉は松五郎と民を迎えに行き、本郷の旬に向かった。

いつもはおしゃべりの民が、めっきり口数が少なかった。松五郎は思いつめたような表情をしている。ふたりの緊張が伝わってきて、吉も黙々と歩いた。

旬につくと、松五郎は店内をぐるりとみまわした。それからおかみに一礼して、すぐさま水羊羹を注文した。

「ああ、いい香りだ。茶の甘味が体にしみていくようだ。……いい水だ」

松五郎は、おかみが出した水出しの煎茶を含むと、その味をかみしめるように目をとじた。

「おわかりになるんですね。水の味が」

おかみはそういいながら、皿にのせた水羊羹を差し出す。

「ああ。柔らかく、甘い水ですな」

「うちの自慢の水でございます」

それから松五郎は皿を手に取った。

じっと水羊羹を見つめ、鼻に近づけ、香りを確かめる。ひと口、食べてはうなずきながら、ゆっくり時間をかけて味わった。

「おかみさん、この水羊羹をつくった職人さんにお目にかかれねえでしょうか」

食べ終えた松五郎は真剣な顔でいった。

「あの何か」

「ちょいとお話をしてぇことがありまして」

「へえ、……ちょっとお待ちくださいまし」

松五郎の表情に気圧《けお》されたように、おかみは奥に入っていく。

やがて、頭に鉢巻《はちまき》のように手拭いを巻き、前掛けをした男がおかみとともに現われた。

「主《あるじ》でごぜえやす。何かあっしに、御用だそうで……」

旬の主は軽く頭をさげ、頭にまいた手拭いをはずす。

松五郎はその顔を食い入るように見つめた。それから低い声で松五郎は話し出した。

「寒ざらしの寒天《かんてん》をたっぷりの水につけ、もみ洗いをし、水につけて一晩寝かせる……朝には、その水を捨て、新たに水を加え、火にかける。寒天に使う砂糖は、ざらめと黒糖少々……」

旬の主の目が驚いたように見開かれた。松五郎は続ける。

「和三盆で作ったこしあんを混ぜ、ゆっくり溶かし……ふっくらと炊《た》いた小豆を最後に加える……」

うつむいた旬の主のこぶしがぶるぶると震える。

「これは翠緑堂の水羊羹だ。間違いねぇ……勇吉さんじゃありませんか。翠緑堂の跡継ぎの、ひとり息子の」

そういって、松五郎は床几から立ち上がった。

主は顔をあげて、松五郎を見た。ぽかんと口が開く。

「……まさか松五郎さんじゃ……」

「へぇ、……覚えてくだすっていましたか……翠緑堂の職人だった松五郎でごぜえやす。……お目にかかれてこんな嬉しいことはございやせん」

松五郎は深々と頭を下げた。みるみる勇吉の目が赤くなる。

「よく、ここを訪ねてくださいました……松五郎さんが松緑苑という評判の店を営《いとな》んでいるということは知っておりやした。かみさんに栗《くり》羊羹を、買いに行かせたこともありやす。味わいながら松五郎さんが翠緑堂の味をしっかりと伝承してくだすったと、涙がこぼれました」

勇吉はもう涙声だ。

「……親父は、翠緑堂を閉じた二年後に死んだと聞きました……おっかさんも後を追うように死んで……あっしのせいで、二親《ふたおや》とも寿命を縮《ちぢ》めた。……そのくせ、親父の水羊羹を作って暮らしている……ろくなもんじゃねぇですよ」

松五郎は首を横に振った。

「……勇吉さんの水羊羹、うめえですよ。この水羊羹を食べれば、勇吉さんがこれまでどれほど精進《しょうじん》してきたかがわかりやす。……先代は店を閉めるとき、おれと勝次、彦助に独立を許し、翠緑堂の緑という字を使ってもいいし、翠緑堂の味を持って行ってもいいといってくれやした。……ただ、水羊羹だけは別のものを工夫してくれと、いったんです」

勇吉は怪訝《けげん》そうに、松五郎を見上げる。

「水羊羹は勇吉に譲《ゆず》ると、先代はきっぱりおっしゃいやした。勇吉がいっとう好きだった菓子だから、これだけは勇吉に残してやりたい、と」

松五郎の声がつまった。勇吉の目が驚きに見開かれる。

「親父がそんなことを……駆け落ちをして家も店も捨てたのに……」

「先代は、勇吉さんが菓子作りを続けるとわかっていたんじゃねえでしょうか」

「そんな……」

勇吉の肩が大きく震えだした。

「先代はとっくに勇吉さんを許してたんだと思いやす。どうして好きな人と一緒にさせてやらなかったんだって、先代は悔いていなすったんじゃねぇでしょうか。そうでなけりゃ、水羊羹は勇吉さんに譲るなんてこと、いうもんですかい」

勇吉の頬をつたった涙がぽたぽたと地面にシミをつくる。おかみも目頭を押さえている。民も手拭いで顔をおおった。

「そんな言葉をこの耳で聞く日が来るなんて……おれはなんて幸せ者だ……松五郎さん、一生恩にきます。それにしてもよくぞ、この店を探し当てお訪ねくださいやした。江戸には何百軒と菓子屋があるっていうのに……」

絞《しぼ》り出すように勇吉がいった。嗚咽《おえつ》がその背を震わせている。

松五郎が、吉を見た。

「この娘です」

みんなの視線が、吉に向いた。

「このところ、ちょくちょくいらしてくださった……」

おかみがつぶやく。吉は赤い目をしてこくりとうなずいた。

「この娘は、おれの右腕だった菓子職人・留吉の娘のお吉でございやす」

「留吉⁉　もしや、翠緑堂で見習いをしていた？　覚えておりやす。いっつも笑顔できびきび働いていた気持ちのいい奴で、みんなからかわいがられていた……その娘さんなんですかい。そういや、目元に面影が……留吉さんも達者なんですな」

松五郎はゆっくり首を横にふり、留吉は亡くなったと伝えた。

「留吉の忘《わす》れ形見《がたみ》の、このお吉は、十二歳のときから、うちで女中奉公をはじめ、店を閉じる最後の日までつとめてくれやした。菓子職人に勝るとも劣《おと》らぬ、ぴか一の舌《した》を持っておりやす。……このお吉が、この店の水羊羹の味わいが、うちの栗羊羹とよく似ていると教えてくれやした」

そういうと、松五郎がこらえきれず、腕を両目にあてた。

今日は店を早じまいにして、夕方、勇吉たちが松五郎を訪ねることとなった。

「お吉が立役者だ。ごちそうをいっぱいこしらえるから、仕事の帰りに必ず顔をだしておくれよ」

民が泣き笑いの顔でいい、吉の手をぎゅっと握《にぎ》った。

松五郎と民を小松町に送り届けると、吉は風に吹かれながら楓川沿いを歩いて万町に向かった。

吉が風香堂ののれんをくぐり、階段を上がると、真二郎がひとりで絵を描いていた。

「光太郎さんが、次の聞き取りの相手を探しとけだとさ」

「……旦那さんはおでかけですか」

「ああ。今日は戻らねえとさ。絹も今日の午後は書の稽古で、帰ってこねえ」

吉を見て、真二郎が微笑む。

開け放した窓から、空が見えた。水羊羹がとり結んだ松五郎と勇吉の再会を思い出すたびに胸が熱くなる。そして晴れ晴れとした気持ちが広がっていく。吉は外を見つめ微笑みながら、両手を上にあげて伸びをし、それからとんとんと右手で左の肩を、左手で右の肩を叩《たた》いた。

「ったく、行儀《ぎょうぎ》のわるい女だな。ふたりは出かけたが、おれがここにいるんだぜ」

憎《にく》まれ口を叩かれて吉はあわてて頭を下げた。

「すんません」

謝りながら、いつのまにか真二郎に気を許している自分に気がついた。

「聞き取りの次の相手の見当はついてんのか」

「……それがまだなんです」

真二郎はすかさず高砂はどうかといった。

「でも高砂は……」

「雷電屋の娘のことは気をつけなくちゃなんねえが、それで手を引くのはお門違《かどちが》いだとおれは思うぜ。こっちの都合で、難しい相手を避けたり、その逆に、簡単に聞き取りできるからって、安易に相手を決めていたら、あっという間にその読物はあきられちまう。大勢の人が喉から手が出るほど話を聞きたいと思う人物を扱かったものでなけりゃ、読売なんて仕事はなりたたねえんだ。なんてったって銭をだして買ってもらわなくちゃなんねぇんだから」

「……でもあの娘がまた怒鳴《どな》り込んで来たら……」

「いちいち気にして、逃げたら、逃げっぱなしになっちまう。まあ、できるだけ穏便《おんびん》にことを進めるにこしたことはないが。……おれも高砂にあったことがねえから、聞き取りには一緒について行くよ」

「……あ、ありがとうございます……」

それから吉は真顔になって、手をつき、「よろしくお願いします」と改めて真二郎に頭を下げた。真二郎は腕もたつし、絵もうまいし、女たらしかもしれないが、頼りになる。

それに、吉は逃げっぱなしになりたくはない。

松緑苑に行くと、ほがらかな笑い声が座敷から聞こえてきた。

尾頭《おかしら》付きや刺身、民の得意な煮《に》っ転《ころ》がしもお膳の上に並んでいる。

松五郎と勇吉は酒も入って、顔が桜色に染まっている。

吉の前にも民はお膳を置いた。

「吉も揃《そろ》ったことだし、おまえさん、そろそろ話を」

民にうながされ、松五郎は膝をただして、勇吉を見た。

「勇吉さん、ここで店をやってもらえねえか」

「えっ」

勇吉は息を呑み、松五郎を見上げる。

「ここには、いい井戸があるんだ。甘くて柔らかい水が出る。甘露水だ」

勇吉は膝を揃えた。

「……あっしにはそんな資格はありやせん」

「勇吉さんの話を聞いて、おれの腹が決まった。この気持ちを受けてもらわねえと、おれの気がすまねえ」

松五郎は表情を崩さずに言った。

吉が来る前に、勇吉はこれまでのことを包み隠さず話していた。

おかみの栄《えい》は、あのころ、水茶屋の親戚の息子との縁談が強引に進んでいた。それを打ち明けて、栄と夫婦になりたいと勇吉が言葉を尽くし頭を下げても、先代は頑として許さない。ふたりで逃げるしかなかったのだという。

勇吉は新宿にある菓子屋に奉公し、修業を重ね、やっとの思いで本郷に店を構《かま》えた。ふたりの間に生まれた息子も今、その菓子屋に修業に出ているという。

「息子さんにも戻ってもらって、ここで店をやってもらいてえんだ」

そういうと、松五郎は席を立ち、奥に消えた。そして一抱えもある大きな一枚板を持って戻ってきた。それは古い看板だった。

「これを渡したいと、ずっと思っていたんだよ」

「……勇吉さんを探すときがきたといって、この人は松緑苑を閉じたんですよ。この看板を持ったまま、死ねない。まだ足腰が丈夫なうちに店をやめ、勇吉さんを見つけて、看板を渡さなくてはならないと……」

松五郎に、民が言葉を添える。

「さあ、勇吉さん、見ておくんなさい。手に取っておくんなさい」

松五郎は、勇吉の前にその看板をおいた。

勇吉は震える指でその看板を触った。翠緑堂と彫《ほ》られている。

「これは、うちの……」

「先代が亡くなったとき、先代のおかみさんから、お預かりしたものです。先代もおかみさんも、いつかこの日がくるとわかっていらしたんじゃねえでしょうか」

両手を畳《たたみ》につき、勇吉はぽろぽろと涙をこぼした。

「松五郎さん、ありがとうございます。おやじとおふくろがそんな……」

「とうに許しておいでだったんですよ。勇吉さんとお栄さんのことを……」

松五郎が鼻水をすすりあげた。

「どうぞ、ここで翠緑堂をもう一回、開いておくんなさい」

「そのお申し出をお受けしてよろしいんでしょうか……どうやって、この恩をお返しすればいいか、わかりやせん」

「勇吉さん、どうぞ顔をあげておくんなさい。おれも、こんな嬉しいことはありやせん。これで、先代とおかみさんに、恩返しができたんですから」

泣いて笑って、夏の宵《よい》は過ぎていく。

気が早い松五郎は、一両日中に、近くの仕舞屋に引っ越すので、勇吉と栄はすぐにでも小松町に移り、店を開く準備をしてほしいという。

「水無月には店を開けておくんなさい」

松五郎がそういうと、勇吉はもう一度畳に頭をこすりつけた。


翌朝、吉と真二郎は読売を届けに、国芳を訪ねた。真二郎が描いた団子よろしく串に巻き付いた四匹の猫の絵が国芳はいたく気に入ったようだった。

「そろそろ羽二重団子が届いてもいいころだっつうに、おせえな」

饅頭《まんじゅう》の頂戴物お断りの紙を自《みずか》ら書く馬琴がいると思えば、朝飯も食わずに団子を待っている国芳のような者もいるのだから、世の中はまったくおもしろいと吉は苦笑した。

国芳のもとを後にすると、ふたりは本郷の水戸藩上屋敷に向かった。高砂は水戸藩お抱えの力士だった。

高砂の住まいの近くの東門でおとないを請うと、付き人が出てきた。相撲取りを目指しているに違いない体の大きな少年で、人のよさそうな顔をしている。ふたりが風香堂という読売屋のもので、高砂に会って話を聞きたいと申し出ると、ここで稽古をする明日なら会えるだろうといった。

「ちょいと兄さん、つかぬことを訊くが、雷電屋の娘、知ってるか」

付き人の表情がかげった。その顔に、知っていると書いてある。

「このあたりじゃ、知らねえ人はいねえですよ」

「ときどきここにも顔をだすのか」

「へえ」

「兄さん、この門以外に、おれたちが入れる門はねえか。その娘が、数日前、うちの店にやってきて、聞き取りをするなら、自分を連れて行けと大騒ぎしやがったんだよ」

おおかたの事情は想像がつくという顔で、付き人はうなずく。

「それはてえへんでしたね。明日は北門からへえってくださぃ。門番には話をつけておきやす」

北門はこの先にあるが、稽古のある日は、娘が朝からこの東門にはりついているこどもあるので、この東門の前を通らないほうがいいとも付き人はいった。遠回りになるが、ぐるっと屋敷の周りを別の方向からまわって、北門から入れば娘と顔を合わせることはないという。

「ありがとよ。これで稲荷《いなり》寿司でも買って食べてくれ」

真二郎は付き人にさりげなく小銭を手渡す。

「高砂の聞き取りは決行するが、面倒はなるたけ避ける。これも読売屋のでぇじな心得だな」

帰り道、真二郎はそういって笑い、ふと気がついたようにあたりを見回した。

「この辺じゃなかったか。團十郎の水羊羹の店は」

吉がうなずく。それから吉は真二郎に、松五郎と勇吉の話を語って聞かせた。

「……いい話じゃねえか。人の世も捨てたもんじゃねえな」

そのとき、吉の胸にとぉんと音が響《ひび》いたような気がした。

「真二郎さん……あの……」

「なんでぇ」

真二郎が振り向いて吉の顔を見る。吉はまっすぐにその日を見返した。

「旬が新しい店を構えたら、水羊羹の話を書いていいと、團十郎さんがいってくださったでしょう。それに、團十郎さんの思い出話と松五郎さんたちの話も加えて長い読物にしたらどうでしょうか……読んでくれる人がいるでしょうか」

真二郎がにやっと笑った。

「ああ。……まじめに生きてるっていいなぁと思う人が大勢、いるだろうな」

胸の前で手をあわせて考え込んだ吉の肩を、真二郎がぽんと叩いた。

「書きなよ。おめえが。菓子が結んだ縁の話だ」

吉は唇《くちびる》をきりっと閉じた。

大好きな松五郎と民、そして絶品の水羊羹を作り続けていた勇吉の話を書きたいという思いが吉の胸の中でふくらんでいく。

「こりゃ、いい読物になる。光太郎さんの恵比須《えびす》顔が見えるようだぜ。読売も売れるし、松緑苑改め翠緑堂にも、客が殺到する。松緑苑と昔の翠緑堂の贔屓《ひいき》も集まってくる。勇吉さんとかみさんの駆け落ち話あり、親の思いあり、奉公人だった松五郎さんの忠義あり、その上なんてったって、その水羊羹を、五代、六代そして当代の七代目團十郎が贔屓にしていたってんだから」

吉は心を決めて、こくんとうなずいた。

「はい。……とすると、勇吉さんには、『売り切れ御免《ごめん》』の張り紙をお願いしなければなりませんね」

「こいつ、いっぱしのこと、いうようになりやがって」

ふわっと笑った吉を、真二郎はまぶしそうに見た。

吉の胸に、もう一度、とぉ～んという音が響いたような気がした。

青い空に、綿《わた》菓子のような白い雲が浮かんでいる。

解説――まさに〝甘味〟スイーツ時代小説の旗手となる逸品

文芸評論家　細谷正充《ほそやまさみつ》

日本人は、食にこだわる民族だ。大都市ならば、世界各国の料理店があり、多彩な料理を楽しむことができる。また、外国から伝わり、日本人の口に合うようにチューニングされた料理も多い。御馳走《ごちそう》からB級グルメまで、なんでもありの幅広さ。しかも常に、新たな料理が開発されている。そんなことを考えると、日本に生まれてよかったと、強く思ってしまうのである。

もちろんスイーツも例外ではない。たくさんの店やメーカーが鎬《しのぎ》を削り、無数のスイーツが生まれ続けているのだ。これは江戸時代でも変わらない。五十嵐佳子の文庫書き下ろし長篇『読売屋お吉 甘味とぉんと帖』を読めば、よく分かるだろう。

五十嵐佳子は、一九五六年、山形県に生まれる。お茶の水女子大学文教育学部卒。女性雑誌を中心に、ファッションから法律まで、多彩な分野で記事を執筆。ライターとして活躍する。『優しい時間 心を癒す7つのセラピー』『はじめての蘭』など、著書も多数ある。その中で注目したいのが、二〇〇六年に実業之日本社から出した『こんなに楽しい！　妖怪の町』だ。水木《みずき》しげるの漫画でお馴染《なじ》みの、妖怪のブロンズ像の並ぶ鳥取県境港市《さかいみなと》が、いかにして観光名所になったかを綴《つづ》ったノンフィクションである（観光ガイドとしても優《すぐ》れている）。この本が縁になったのか、二〇一〇年には、水木しげるの妻を主人公にした、ＮＨＫ連続テレビ小説『ゲゲゲの女房』のノベライズを刊行。その後、ＮＨＫ大河ドラマ『八重の桜』『花燃ゆ』のノベライズも手掛けた。

　そんな作者が時代小説に乗り出したのが、二〇一五年三月に白泉社の招き猫文庫から刊行した『半七捕物帳　リミックス！』であった。ただしこの作品、かなり特殊である。捕物帳の始祖《しそ》であり、今なお名作の誉《ほまれ》の高い岡本綺堂《おかもときどう》の『半七捕物帳』のリミックス版なのだ。綺堂が常識として軽く触れただけの風俗《ふうぞく》等の書き込み、あるいは登場人物への肉付けが、作者の筆で加えられている。ストーリーそのものは原典と変わらないが、より現代の読者が読みやすくなっているのだ。そこにノベライズで鍛えられた、作者の優れた手腕が窺《うかが》えた。とはいえ、ストーリーの面白《おもしろ》さそのものは綺堂のものであり、時代小説家として評価できるかどうかとなると、実に困惑せざるを得なかったのである。

　しかし、作者の実力は確かなものであった。二〇一六年一月に招き猫文庫から刊行した、オリジナル時代小説『妻恋稲荷 煮売屋ごよみ』が、実に素敵な作品だったのだ。料理人の亡き夫が残したレシピを頼りに、煮売屋「春松屋」を開いた駒という女性を中心に、温かな商売と人間のドラマが繰り広げられる。当時、新聞の書評で本作を取り上げた私は、

「人の世の、喜怒哀楽すべてを嚙みしめるような味わいは格別のもの。是非ともシリーズ化してほしい逸品だ」

と書いた。ところが『妻恋稲荷 煮売屋ごよみ』は一冊で終了。なんとも残念なことだと思っていた。だから本書『読売屋お吉 甘味とぉんと帖』の登場が嬉《うれ》しい。煮物と甘味という違いこそあれ、また料理を題材にした時代小説を上梓《じょうし》してくれたのだ。これだけでページを開く前から、期待が高まってしまうのである。

両親を火事で失い、父親が職人をしていた菓子処《かしどころ》「松緑苑《しょうりょくえん》」で働きながら、妹弟を育てたお吉《きち》。すでに妹は嫁《とつ》ぎ、弟も小豆《あずき》問屋で働いており、生活は落ち着いていた。女ゆえに職人になれなかったお吉だが、とびきりの甘味好きで、食べ

れば菓子の材料や作る手順を見抜くことができる。自分の食べた菓子の感想を『とぉんと帖』と名付けた帳面に記《しる》している彼女にとって、「松緑苑」は居心地のいい職場であったのだ。

しかし、「松緑苑」の主人夫婦が、店を閉めることにした。困惑するお吉だが、読売屋《よみうり》「風香堂《ふうかどう》」の光太郎《こうたろう》に『とぉんと帖』を見られたことから、読売の書き手にスカウトされる。息子の清一郎《せいいちろう》に「風香堂」を継がせた光太郎は、店の二階で女性にも受ける読売を作ろうとしていた。そして光太郎はお吉に、甘味の記事を書かせようとするのであった。

ちなみに『とぉんと帖』という帳面の名前は、心の中に恋心が音を立てて落ちてくる様子を表わす江戸言葉〝とぉんとくる〟を由来としている。こうした言葉のチョイスからも、作者のセンスのよさを感じることができるのだ。

話を物語に戻す。おっかなびっくり「風香堂」に行ったお吉だが、店の男たちの態度は、絵師の真二郎《しんじろう》を除《のぞ》いて冷たい。書き手の先輩となるお絹《きぬ》とも、反《そ》りが合わない。それでも歌舞伎《かぶき》役者や相撲《すもう》取りなど、有名人に好きな甘味のことを聞き、記事にするというアイディアを出したお吉は、手探りで仕事を始める。そして様々な人に会い、新たな世界に踏み出していくのだった。

本書の読みどころは多い。まずはタイトルにある〝甘味〟だ。田牧大和《たまきやまと》の「藍《あい》千堂《せんどう》菓子噺」シリーズ、中島久枝《なかしまひさえ》の『日乃出《ひので》が走る 浜風屋菓子話』、篠綾子《しのあやこ》の『望月《もちづき》のうさぎ 江戸菓子舗照月堂』など、近年、スイーツ時代小説が増えている。本書も、その中の一冊といえるだろう。だが先に挙げた作品が、甘味の作り手側を主人公にしているのに比べ、こちらは食べ手だ。しかも、紹介の仕方がユニーク極まりない。お吉の取材を通じて、青林堂《せいりんどう》の『青梅《おうめ》の滴《しずく》』、源寿庵《げんじゅあん》の『紅《べに》躑躅《つつじ》』、花輪《かりん》のかりんとう、塩瀬総本家《しおせそうほんけ》の薯蕷饅頭《じょうよまんじゅう》など、次々と甘味が登場。それが甘味好きのお吉によって、微《び》に入り細《さい》に入り、美味さを表現されるのだ。読んでいるだけで、食べたくてたまらない。ダイエットをしている人に本書は薦《すす》められないと、本気で思ってしまうほどの描写である。

さらに甘味の記事を書くために、当時の江戸の有名人を訪ねるという設定がいい。最初の方でお絹が読売にする、徳川十一代将軍家斉《いえなり》の娘・溶姫《やすひめ》の輿入《こしい》れというネタから、本作の時代が文政《ぶんせい》年間であることが分かる。この時代は、七代目市《いち》川團十郎《かわだんじゅうろう》・曲亭馬琴《きょくていばきん》・歌川国芳《うたがわくによし》など、多数の有名人がいたのだ。その人々が、お吉の視点で描かれる。史実を踏まえながら、キャラクターを印象付ける技法はたいしたもの。特に、偏屈《へんくつ》で知られる曲亭馬琴の描き方が素晴らしかった。

さらにとんでもない事件にかかわって、お吉が命を狙《ねら》われたりと、物語の興趣《きょうしゅ》は並々ならぬものがある。團十郎が記憶していた幻の甘味と、「松緑苑」が店を閉めた理由が、意外な形で繋《つな》がっていくなど、ストーリーの妙にも感心させられた。とにかく読みどころが満載なのである。

また、お仕事小説の側面と、ヒロインの成長も見逃せない。「松緑苑」で一所懸命に働いてきたお吉。でも彼女の生き方は、どこか受け身なところがあった。自分の力で記事を書かねばならない環境に置かれた彼女は、お絹からそのことを指摘され、真実だと実感する。それでも彼女は、読売を続ける。煮え切らないようで、意外と芯《しん》の強いお吉は、光太郎の指導を受けながら、しだいに取材をして記事を書く面白さに目覚めていくのだ。その一方で、読売が引き起こす騒ぎを通じて、自らの仕事の影響力と問題点も、お吉に自覚させる。このあたりの描写は、ライター時代の作者の実体験がベースになっているのだろう。書くことの意味、書く者の資質が、きっちりと活写されているのである。

だからラストで、自分の書いた読売を喜んでくれる人がいるんじゃないかとい
うお吉に真二郎がいう、

「ああ。……まじめに生きてるっていいなぁと思う人が大勢、いるだろうな」

という言葉が胸に沁《し》みる。そして五十嵐佳子が作家として目指すものが、伝わってくるのである。なぜ作者の小説を読むと、嬉しい気持ちになるのか。その理由は、ここにあるのだ。

最後に一言。物語は一段落《いちだんらく》したようだが、お絹や真二郎との関係や、大関高砂《たかさご》の取材の件など、気になる点が幾つかある。だから今度こそ、シリーズ化してほしい。しだいに幕末へと向かう時代の中で、お吉がいかなる人生を歩むのか、もっと味わいたいのである。

読売屋お吉　甘味とぉんと帖

一〇〇字書評

切り取り線

購買動機（新聞、雑誌名を記入するか、あるいは○をつけてください）

□（　　　　　　　　　　　　　）の広告を見て	
□（　　　　　　　　　　　　　）の書評を見て	
□ 知人のすすめで	□ タイトルに惹かれて
□ カバーが良かったから	□ 内容が面白そうだから
□ 好きな作家だから	□ 好きな分野の本だから

・最近、最も感銘を受けた作品名をお書き下さい

・あなたのお好きな作家名をお書き下さい

・その他、ご要望がありましたらお書き下さい

住所	〒				
氏名		職業		年齢	
Eメール	※携帯には配信できません	新刊情報等のメール配信を 希望する・しない			

この本の感想を、編集部までお寄せいただけたらありがたく存じます。今後の企画の参考にさせていただきます。Eメールでも結構です。

いただいた「一〇〇字書評」は、新聞・雑誌等に紹介させていただくことがあります。その場合はお礼として特製図書カードを差し上げます。

前ページの原稿用紙に書評をお書きの上、切り取り、左記までお送り下さい。宛先の住所は不要です。

なお、ご記入いただいたお名前、ご住所等は、書評紹介の事前了解、謝礼のお届けのためだけに利用し、そのほかの目的のために利用することはありません。

〒一〇一－八七〇一
祥伝社文庫編集長　坂口芳和
電話　〇三（三二六五）二〇八〇

祥伝社ホームページの「ブックレビュー」からも、書き込めます。

http://www.shodensha.co.jp/bookreview/

祥伝社文庫

読売《よみうり》屋《や》お吉《きち》　甘味《かんみ》とぉんと帖《ちょう》

平成29年9月20日　初版第1刷発行

著　者　五十嵐佳子《いがらしけいこ》
発行者　辻　浩明
発行所　祥伝社《しょうでんしゃ》
東京都千代田区神田神保町3-3
〒101-8701
電話　03（3265）2081（販売部）
電話　03（3265）2080（編集部）
電話　03（3265）3622（業務部）
http://www.shodensha.co.jp/
印刷所　堀内印刷
製本所　ナショナル製本
カバーフォーマットデザイン　中原達治

 ISBN978-4-396-34353-8 C0193

〈祥伝社文庫　今月の新刊〉

西村京太郎
十津川警部　七十年後の殺人
二重国籍の老歴史学者。沈黙に秘めた大戦の闇とは？　時を超え十津川の推理が閃く！

遠藤武文
原罪
雪室に置かれた刺殺体から始まる死の連鎖。三つの死が示す真実を刑事・城取が暴く！

加藤実秋
ゴールデンコンビ　婚活刑事＆シンママ警察通訳人
イケメンなのに結婚できない刑事・直哉とバツ2でシングルマザーのアサが難事件に挑む！

葉室　麟
春雷《しゅんらい》　羽根藩シリーズ第三弾
怨嗟の声を一身に受け止め、改革を断行する新参者。鬼と誇られる孤高の男の想いとは？

小杉健治
伽羅《きゃら》の残香　風烈廻り与力・青柳剣一郎
欲にまみれた、富商、武家、盗賊の三つ巴の争い。剣一郎が見た悲しき結末とは……。

坂岡　真
恋はかげろう　新・のうらく侍
女の一途につけ込むワルは許さない！　なまけ者の与力が奮闘努力で悪を懲らしめる。

芝村凉也
鬼変　討魔戦記
瀬戸物商身延屋で起きた惨殺事件。新入りの小僧・市松だけが、忽然と姿を消した……。

原田孔平
紅《くれない》の馬　浮かれ鳶の事件帖
一橋家の野望を打ち砕け。剣客旗本、本多控次郎見参！　早駆け競争に仕組まれた罠とは

五十嵐佳子
読売屋お吉　甘味とぉんと帖
菓子処の看板娘が瓦版記者に!?　無類の菓子好き、読売書きお吉の出会いと成長の物語。

簑輪　諒
最低の軍師
押し寄せる上杉謙信軍一万五千！　北条家に力を貸した幻の軍師白井浄三の凄絶な生涯

井沢元彦
驕奢《きょうしゃ》の宴《うたげ》（上）　信濃戦雲録第三部
『逆説の日本史』の著者が描く天下人秀吉の光と陰。戦国―欲と知略、そして力とは？

井沢元彦
驕奢《きょうしゃ》の宴《うたげ》（下）　信濃戦雲録第三部
構想・執筆30年の大河歴史小説ここに完結！　戦国の鍵を握る秘仏善光寺如来の行く末は？